카운터 일기

뉴욕 카페 소사이어티

1

카운터 일기

당신이 두고 간 오늘의 조각들

이미연

시간의흐름。

있으므로 카운터의 이쪽과 저쪽은 한통속이어야 즐거운 동반이 가능하다.

　　최근 쾌적은커녕 그럭저럭 마실 만한 커피 한 잔 얻기 힘든 도시에서 두 달을 지내며, 흔하디흔한 줄 알았던 카페가 특별하고 소중한 곳임을 새삼 깨달았다. 초파리가 아닌 다음에야 어떤 공간도 그냥 생기지 않는다. 가구 배치에서 시작해 잔을 내려놓는 위치까지, 세심한 의도와 촘촘한 관리는 물론 어떤 유형의 손님을 오게 만들지까지 설계하는 신공을 구사해야 한다.

　　카페의 면면과 구석구석을 살핀 『카운터 일기』는 우리를 대상으로 한 테이스팅 노트를 엿보는 즐거움을 준다. 카운터 이쪽의 우리가 제각각의 풍미를 지닌 이야기이듯 저쪽 무리 역시 달달 볶아 구수한 이야기일 테다. 카페라는 필터로 걸러낸 우리 이야기가 궁금하다면 어서 한 잔씩 주문하자. 기다리는 동안 커피 한 권씩 곁들이시길.

　　이기준(그래픽 디자이너)

프롤로그

어쩌다 여기에 와버린 걸까? 분명 서울의 어두침침한 사무실 형광등 밑에서 공기정화식물과 함께 누렇게 말라가고 있었는데 정신을 차리고 보니 뉴욕 브루클린에 위치한 어느 카페의 카운터 앞에 서 있다. 평생을 책상 앞에 앉아서 산 사람답게 하체 근육이라곤 없었는데 어느덧 내 다리는 반나절은 거뜬히 서 있을 만큼 탄탄해져 있고 발은 딱딱한 구두가 아니라 말랑한 운동화를 신고 있다.

일하는 카페에서 계산대로 사용하고 있는 컴퓨터에 몰래 한글 자판을 설치하고 역사적인 첫 발자국을 남기는 중이다. 맙소사! 뉴욕의 중산층 가정이 밀집한 동네의 카페 금전 출납기에 한글이 설치되어 있으리라곤 그 누구도 생각지 못하겠지. 망명 정부의 레지스탕스가 되어 본국에 무전을 치는 기분이다.

혼자 일하는 오후에 손님 수가 많지 않으면 간혹 이런 짬이 생긴다. 강제적인 여유 시간이 주어지면 머릿속 빈 공간으로 온갖 잡념이 파고들기에 그것을 끄집어내기로 했다. 이름하여 '카운터 일기'다.

ㅇ

하지만…… 카페 카운터에서 글을 쓰는 나만의 비밀스러운 반란은 머지않아 난관에 봉착하고 만다. 키보드 세팅을 한국어에서 영어로 바꾸는 것을 깜박하고 집에 가서 다음 날 난리가 난 것! 영어 외에 다른 언어를 써본 적이 없는 미국 아이들은 자판의 영한 전환 같은 것은 해본 적이 없었던 것이다. 이 사건 이후 운영진은 컴퓨터의 제어판 기능을 차단했고 카운터 일기는 내 휴대폰이나 개인 컴퓨터로 터전을 옮겨야 했다. 망명 정부가 또 망명을 한 셈!

차례

2015

스타벅스에나 가

뉴욕의 작은 카페에서 함부로 꺼내서는 안 되는 단어가 있다. 그 이름을 꺼내는 것만으로도 바리스타와 주변 손님을 긴장시키는 이름. 과거든 현재든 한 번쯤 내 삶을 스치고 간 이름. 애정과 경멸을 동시에 불러일으키는 이름. 커피계의 볼드모트! 커피계의 모리아티! 바로 스타벅스다.

커피와 커피를 파는 공간을 꽤나 좋아하는 터라 뉴욕에 오기 전에 기대가 컸다. 미국은 한국보다 훨씬 오래전부터 커피를 마셔온 나라이기도 하고 전 세계의 커피 문화를 바꾼 테이크아웃 커피전문점이 시작된 곳이기 때문이다. '뉴요커' 하면, 한 손엔 테이크아웃 커피잔을 들고 다른 손은 번쩍 들어 옐로캡을 잡아타는 패션 피플의 이미지가 떠오르기도 했고, 어렴풋이 들었던 '브루클린'이라는 단어에는 페도라를 쓴 멋쟁이 바리스타가 에스프레소를 내리는 이미지가 섬네일처럼 붙어 있었다.

그러나 2012년에 처음 경험한 뉴욕의 커피는 어찌나 맛이 없던지…… 일단 한국에 비해 커피를 전문으로 하는 카페 자체도 많지 않았고, 핸드드립은커녕 제대로 된 에스프레소 머신조차 없는 곳도 있었다. 관광 책자나 여행기를 보고 찾아간 곳의 커피도 대개 홍대에 깨알같이 분포한 수많은 커피집의 평균에 못 미쳤다. 그나마 익숙한 스타벅스에 가봤더니 왠지 모르게 내부가 쇠락하고 우중충했고, '네놈의 얼굴은 꼴도 보기 싫으니 얼른 먹고 꺼져!' 하는 표정의 바리스타가 표정만큼이나 우울한 커피를 내놓았다.

이게 어찌 된 일인지 어렴풋하게라도 감을 잡은 것은 한참 후의 일이었다. 미국의 커피 문화는 기대한 것과는 전혀 다른 지점에 있었다. 커피가 오랜 시간 동안 필수적인 대중 기호품으로 자리 잡은 것은 사실이지만 그 커피의 '질'에 신경 쓰기 시작한 것은 비교적 최근의 일이다. 지금도 미국의 기성세대 중 절대 다수에게 커피라고 하는 것은 슈퍼마켓에서 사 온 원두를 드립머신이나 퍼컬레이터로 내려서 우유와 설탕을 타서 먹는 것이다. 소위 '19세기식 커피'로 분류되는 커피를 마시고 있던 이들에게 원두의 원산지니, 로스팅이니 하는 사치스럽고 까탈스러운 개념을 가지고 온 것이 70년대의 '피츠 커피&티 Peet's Coffee & Tea'이고, 거기에 더해 이탈리아식 에스프레소 기반의 커피 문화를 대중화시킨 것이 90년대의 스타벅스이다. 바야흐로 커피계의 '제2의 물결', 즉 세컨드웨이브가 시작된 것이다.

"커피 주세요"라는 주문에 "어떤 커피요?"라는 질문이 필요 없던 시대에서 "레귤러 커피요"라는 대답을 하는 시대로 이행하고('레귤러' 커피가 있다는 얘기는 '레귤러'하지 않은 커피도 있다는 얘기니까), 딱히 커피 전문가나 마니아가 아닌 이들도

'아메리카노'니 '라테'니 '카푸치노'니 하는 단어를 알게 되고, 커피를 음식점에서 부수적으로 파는 것이 아니라 메인으로 한 전문점이 생기고, 실내에 앉아 사기잔에 마시던 커피가 종이컵에 담겨 거리로 나오면서 커피와 커피를 파는 공간은 그 자체로 새로운 문화가 되었다.

세컨드웨이브가 수십 년간 전성기를 누리며 전 세계의 골목에 스타벅스를 심어놓자 거기에서 한 걸음 더 나아가 커피 문화를 와인 문화처럼 고급문화의 영역으로 끌어올리려는 이들이 나타났다. 드립머신으로 내린 레귤러 커피와 에스프레소 기반의 커피밖에 모르던 이들에게 핸드드립 방식(영어로는 '푸어오버Pour-over'라고 부르는 이 기술의 원산지는 일본이고, 미국 카페에서 핸드드립을 시작한 것은 아주 최근의 일이다)을 도입해 개별 드립을 해주기 시작했고, 에스프레소 역시 저울과 타이머까지 동원하여 엄격하게 내리기 시작했으며, 한때는 소수의 전문 기술이었던 라테 아트를 대다수의 바리스타가 시전하게 되었다.

공정 무역이니 유기농이니, 커피 원두를 소싱하는 방식도 더욱 까다롭고 비싸졌다. 인텔리젠시아, 스텀프타운, 블루보틀, 카운터컬처 등의 대표 주자들이 제3의 물결을 활짝 열어젖혔고, 기업식 테이크아웃 커피전문점에 대항하는 이 커피숍들을 '서드웨이브 커피숍Third Wave Coffee shop'이라고 부르기 시작했다. 한국에선 외래에서 이식된 세컨드웨이브가 동북아의 자체적인 커피 문화와 만나 빛의 속도로 진화하며 일찌감치 서드웨이브로 이행한 반면 미국에서는 뒤늦게 서드웨이브가 시작되고 있었던 셈이다.

제2의 물결이 제3의 물결로 이행하는 동안 한때는 새롭고 세련된 존재였던 스타벅스는 (최소한 뉴욕의 일부에서는) 낡고 식상한 것이 되어버렸다. 생긴 지 오래되다 보니 매장의 관리 상태도 좋지 않고, 주력 상품도 기본 커피보다는 각종 시럽이나 향을 첨가한 음료들이 되어버렸다. 인건비도 상대적으로 낮아서 경력이나 실력이 되는 바리스타들에게 선호받는 직장이 되지 못했다. 스스로를 '커피 속물Coffee snob'이라고 부르는 자조적인 커피 애호가들은 더 이상 스타벅스에 가지 않고 작은 규모의 서드웨이브 커피숍에 가게 되었다. 음식 전문 온라인 매체 「이터 NY Eater NY」는 '뉴욕 커피 용어 총정리, 초보자를 위한 해독서The Ultimate NYC Coffee Glossary, a Decoder for Beginners'에서 스타벅스를 "화장실이나 인터넷을 쓰러 가는 곳"이라고 정의해놓았다.

그럼에도 불구하고 아직까지 일반인에게 가장 익숙한 커피전문점은 스타벅스이고, 스타벅스가 위용을 떨친 지난 몇십 년의 세월이 남긴 유산은 여전히 생생하다. 스타벅스의 방식이 테이크아웃 커피점에 대한 일종의 스탠더드가 되어서 그 후에 생긴 대부분의 카페는 많게든 적게든 그 방식을 따르게 되었다. 커피를 주문할 때 '숏' '톨' '그란데' 등 스타벅스 용어를 사용하는 사람이 아직도 많고, 스타벅스에서 흔히 하듯 음료에 각종 시럽이나 캐러멜 또는 휘핑크림을 올려달라고 하기도 하고, '마키아토'를 시키면서 에스프레소에 우유 거품을 한 점 얹은 본래 의미의 마키아토가 아니라 라테에 캐러멜을 올린 스타벅스식 '캐러멜 마키아토'를 기대하기도 한다.

　　내가 일하는 카페는 수십 년 전에 스웨덴에서 미국으로 건너온 사장이 미국의 척박한 커피 문화에 충격을 받고 기획한 스웨덴식 에스프레소 바로, 굳이 분류하자면 서드웨이브 커피숍에 가깝다고 할 수 있겠다. 자체적으로 블렌딩하고 로스팅한 커피 원두를 사용하고, 기본 커피는 머신으로 내리는 것이 아니라 프렌치 프레스를 눌러서 수작업으로 내린다(덕분에 시간과 노력이 대여섯 배는 들어서 바리스타들이 사장의 고집에 치를 떨며 "미국에서 기본 커피를 프렌치 프레스로 내리는 데는 우리밖에 없을 거야. 스웨덴 놈들은 대체 왜 이 모양이냐?"라고 투덜댄다). 커피의 기본에 충실하려 노력하고, 각종 첨가물은 지양한다.

　　엄격한 서드웨이브 커피숍처럼 실험실에 버금가는 장비를 갖추고 커피를 만들지는 않지만 어쨌든 서드웨이브의 자존심은 지키고 싶은 이 작은 카페에("우리가 돈이 없지, 가오가 없냐?") 낯선 손님이 들어서서 "아이스 바닐라라테요"라고 하거나 "캐러멜 마키아토요"라고 주문을 하면 바리스타는 일순 긴장한다. 우리는 바닐라도 캐러멜도 갖추고 있지 않다는 사실을, 우리가 만드는 마키아토는 당신이 기대하는 것과 몹시 다르다는 것을 어떻게 친절하게 이해시킬지 두뇌를 풀가동해야 한다. 자칫하다간 손님을 무시한다는 느낌을 줄 수도 있고,

아니면 손님의 기대와 다른 음료를 줘서 실망시킬 수도 있기 때문이다.

극소수의 손님은 자신이 익숙하게 마시던 음료와 전혀 다른 음료가 나왔을 때 갑자기 공격적으로 변하며 소동을 일으키기도 한다. 아이스 커피를 달라고 하는 손님에게 블랙 아이스 커피를 줬더니(컨디먼트 바에서 스스로 우유와 설탕을 추가할 수 있다) 한 모금 마시고는 "이렇게 쓴 걸 커피라고 주는 거냐! 내가 스타벅스에서 먹었던 커피는 달콤하고 고소하고 맛있었는데, 이건 뭔가 잘못된 것을 준 거 아니냐?"라며 불같이 화를 내고 환불을 요구하는 식이다.

그런 손님이 기대한 것은 아마도 시럽을 넣은 아이스 라테일 텐데, 상대방이 예의를 갖추었거나 나 스스로 마음에 여유가 있을 때에는 "입맛에 맞는 것으로 다시 만들어드릴게요"라고 하곤 최대한 손님이 만족할 만한 음료를 찾아서 다시 만들어주지만, 무례하고 공격적인 이들에게는 그런 친절을 베풀 마음이 생기지 않는다. '내가 공들여 만든 커피가 입에 맞지 않으면 그렇다고 말을 하면 되지, 대뜸 화를 낼 건 뭐람'이라고 속으로만 투덜거리며 상처받은 마음을 꾹꾹 누르고는 다른 음료로 바꿔주거나 환불해준다.

그래서 "스타벅스에나 가!"라는 모진 말은 자존심에 상처를 입은 중소규모 카페 바리스타들이 마음속에만 품고 다니는 금기어이다. 마치 서랍 속에 감춰둔 사직서가 직장인에게 용기와 위로를 주듯, 차마 입 밖에 내지 못하는 그 말을 속으로 구시렁거리는 것만으로도 무례한 이에게 소심한 복수를 한 듯 통쾌해지는 것이다. 어떤 동료는 자기는 정말로 그렇게 말한 적 있다고 허세를 떨기도 하고, 이 카페가 문을 연 지 얼마 안 됐을 무렵에 역대급으로 무례한 손님을 만난 사장이 그 말을 해버렸다는 루머가 돌아다니긴 하지만 확인된 바는 없다.

겉으로든 속으로든 그 말을 할 수 있었던 배경에는 이 카페를 둘러싸고 도보 15분 거리 안으로는 스타벅스가 하나도 없다는 사실도 한몫했다. 스타벅스에나 가라고 했지만, 어차피 갈 스타벅스가 없다. 그런데 최근에 한 단골손님이 물었다.

"한 블록 아래에 공사하던 그 가게 말이야. 스타벅스 간판 붙었던데, 봤어?"

"……!"

올 것이 와버렸다. 꾸준히 동네의 집값이 오르고, 새 건물이 들어서더니, 브루클린 구석의 이 조용한 동네에마저 스타벅스가 들어서버렸다. 이제 정말 "스타벅스에나 가!"라고 말하면 손님이 쿨하게 "응. 그러지, 뭐" 하며 갈 수 있는 상황이 된 것이다. 낭패다.

뉴욕 커피 언어

한국에서 태어나고 자란 나 같은 사람에게는 낯설고 신기한 뉴욕의 커피 용어가 몇 가지 있다.

우선 대개의 카페에서 '레귤러 커피Regular coffee'라고 하면 머신으로 내린 드립커피를 가리킨다. 가장 전통적이고 대중적인 방식이라 압도적으로 많이 팔리는 커피이다. 아침에 커피를 마시지 않으면 절인 배추처럼 힘이 없는 이 도시의 카페인 중독자들이 '라지' 사이즈로 사서 주입하는, 연료에 가까운 메뉴이다.

대다수의 사람들은 여기에 우유나 설탕을 넣어 마시는데 이 과정을 바리스타가 해주는 곳도 있고, 손님이 스스로 하는 곳도 있다. 최근에는 손님 각자가 자기 입맛에 맞게 스스로 추가하는 것이 대세라서 바리스타는 아무것도 추가하지 않은 블랙커피를 건네는 경우가 많다. 이때 바리스타는 "공간 남겨요?Room for milk?"라고 묻는다. 커피를 꽉꽉 채워서 컵 끝까지 찰랑거리게 만들어놓으면 우유를 추가할 수 없기 때문에 위에 공간을 남기겠냐고 묻는 것이다. 우유를 넣을 예정이면 그렇게 해달라고 하면 되고, 그렇지 않을 땐 "괜찮아요. 블랙으로 주세요 No, thanks. Black please"라고 하거나 "끝까지 채워

주세요 Top it off please"라고 하면 된다.

　디카페인 커피는 갖추고 있는 곳도 있고, 아닌 곳도 있으니 물어보면 된다. 손님 중에 커피는 마시고 싶지만 커피 한 잔 분량의 카페인을 섭취하기엔 곤란하고, 그렇다고 디카페인 커피를 시키자니 너무 맛이 없어서 고민인 '햄릿형 부류'가 있다. 그런 이들을 위해 '짬짜면'처럼 일반 커피와 디카페인 커피를 반씩 섞어서 주는 '하프카프Half-caf'가 있다. 내가 일하는 카페처럼 디카페인 커피를 미리 내려놓지 않고 주문이 들어올 때마다 따로 만들어야 하는 경우엔, 주문을 받은 바리스타가 속으로 '그렇게 커피 맛을 포기할 수 없으면 그냥 일반 커피를 반 잔만 마시지' 하며 투덜투덜할 수는 있겠지만, 이렇게 주문하는 사람이 은근 있으니 걱정 말고 주문해도 된다.

　신경을 많이 쓴 전문점에서는 '푸어오버Pour-over'를 하기도 한다. 한국에서는 핸드드립이라고 부르는 이 방식은 별도의 도구를 갖추어야 하고(대개 일본에서 수입해온다), 주문이 들어올 때마다 시간을 들여 개별적으로 내려야 하기 때문에 인력이 배로 든다. 커피 원두 역시 아무거나 쓰지 않고 싱글 오리진이나 공정 무역, 산지 직송, 유기농 등 한층 비싼 것을 쓰고, 손님이 원두를 고를 수 있게 여러 종류로 갖춰놓았다가 주문을 받는 즉시 갈아서 만드는 곳이 대부분이다.

　외지에서 온 사람들이 많이 헷갈리는 것 중 하나가, 카페라테Cafe latte와 카페오레Café au lait이다. 줄여서 라테와 오레로 부르는 이 둘은 각각 이탈리아어와 프랑스어로 '우유 넣은 커피'라는 뜻의 같은 말이다. 하지만 라테는 에스프레소 기반의 커피로, 에스프레소에 스팀한 우유를 부은 반면, 오레는 레귤러 커피에 스팀한 우유를 부었다는 차이가 있다. 그리고 같은 에스프레소 기반의 커피지만 우유에서 차이가 있는 마키아토와 카푸치노가 있다. 마키아토는 에스프레소 위에 우유 거품만 소량 얹은 것이다. 카푸치노는 에스프레소에 스팀한 우유와 우유 거품을 함께 얹는데 라테에 비해서 거품의 비중이 훨씬 높은 것이 특징이다.

바리스타는 우유를 스팀할 때 거품의 비중을 조절할 수 있는데 이 부분에서 최근에 생긴 카페들의 특이한 경향이 있다. 마키아토나 카푸치노 모두 거품 비중이 현저히 낮다는 것. 일반적으로 카푸치노의 경우엔 라테보다 거품을 많이 만들며 스팀을 해야 하고, 마키아토의 경우엔 거품을 최대한 많이 만들어서 구름처럼 폭신한 부문만 스푼으로 떠서 에스프레소에 올린다. 그러나 거품 비중이 높은 우유로는 라테 아트를 할 수 없기 때문인지 최근의 바리스타들은 카푸치노나 마키아토를 만들 때도 라테용 우유를 스팀할 때와 마찬가지로 거품 비중을 낮게 만들어서 커피 표면에 라테 아트를 하곤 한다. 여기에는 화려한 라테 아트를 해야 실력 있는 바리스타라고 믿는 대중적인 오해도 한몫할 것이다. 덕분에 카푸치노와 라테의 경계가 모호해지고 있는 추세다.

스팀한 우유의 거품 비중이 낮은 것을 '웻Wet'하다고 하고, 반대로 거품 비중이 높은 것을 '드라이Dry'하다고 표현한다. 미국의 마키아토와 카푸치노는 모두 '웻'한 편에 속한다고 할 수 있다. 그래서 유럽에서 온 손님 중에는 마키아토나 카푸치노를 주문할 때 "최대한 드라이하게 해주세요. 미국에선 너무 웻하게 만들어서"라고 부탁하는 사람이 종종 있다. 드라이한 카푸치노는 거품의 비율이 높다 보니 같은 크기의 웻한 카푸치노보다 훨씬 가벼워서 종이컵을 들어보기만 해도 알 수 있다.

그리고 카페인 홀릭으로 가득한 이 도시의 특별 음료, 레드아이Red eye가 있다. 드립커피에 에스프레소 샷을 추가한 것이다. 가히 카페인 폭탄이라 할 만한 이 커피는 금요일 밤에 가장 많이 팔린다. 한국의 젊은이들이 불금에 대비하여 '컨디션'이나 '여명'을 미리 마시는 것처럼 뉴욕의 젊은이들은 레드아이로 심장에 둠칫둠칫한 박동을 걸어두는 것이다. 샷 하나로는 충분치 않다? 그럼 더블 샷을 추가한 블랙아이Black eye를 주문하면 된다. 오늘 한번 죽어보고 싶다? 트리플 샷을 추가한 그린아이Green eye를 주문하자. 트리플데스Triple death라고도 불리는 이 죽음의 음료를 주문하는 사람이 놀랍게도 제법 있다.

혹시라도 금요일 밤, 맨해튼의 어느 클럽에서 카페인 쇼크로 정신을 잃어가며 마지막 힘을 다해 '범인은 보라색 고무장갑을 낀 동양인 여자 바리스타'라고 증언하고 사망한 사람을 목격했다면 제발 모르는 척해주길.

커피 권력

일을 시작한 첫날 나를 트레이닝시키던 바리스타가 해준 말이 있다.

"넌 이제 커피의 신이야. 커피를 달라고 들어오는 사람들 대부분은 커피를 마시기 전이니까 제정신이 아닌 좀비들이거든? 그들에게 커피를 줄 수 있는 너는 절대적으로 우위에 있는 거야. 그러니까 그들이 아무리 재촉해도, 무례하게 굴어도 쫄지 말고 네 페이스대로 천천히 해줘. 어쩌겠어? 커피를 가진 자는 너인데."

지독하게 더운 여름날이면 유난히 그의 말을 실감한다. 들어오는 사람마다 땀에 젖어 절박하게 아이스 커피를 찾는다. 그때마다 그가 한 말을 떠올리며 여유롭고 자애로운 마음으로 '옜다, 커피다, 닝겐. 후후'라고 (마음속으로만) 중얼거리며 커피를 주고는 쾌감을 느낀다.

브루클린의 어느 카페에서 더운 날 아이스 커피를 산 손님 중 바리스타에게서 약간의 건방짐을 느낀 이가 있다면 기분 탓만은 아니에요.

입술 뮤지션

매장 내 음악으로 인터넷 라디오의 '에이미 와인하우스' 스테이션을 자주 튼다. 에이미 와인하우스는 물론, 니나 시몬, 루이 암스트롱, 오티스 레딩 등이 걸쭉하고 진한 목소리로 부르는 나른하거나 흥겨운 음악이 좋기도 하고, 혼자 와서 일하거나 책을 읽는 사람이 대부분인 조용한 오후의 카페에도 잘 어울리는 것 같기 때문이다.

서른을 넘긴 이가 대다수인 오후 손님들도 나와 취향이 비슷한지, 내가 음악을 흘려들으며 일하다가 어느 순간 '어? 멜로디가 귀에 확 감기는데?'라고 느끼며 흥얼거리고 있으면, 손님 중 누군가가 같은 부분에서 콧노래를 부르거나 휘파람을 불고 있는 것을 발견하기도 한다.

한번은 리듬에 맞춰 고개까지 끄덕이며(물론 아무도 못 듣게) 노래를 흥얼거리는데, 손님 중에서 무의식적으로 같은 부분을 흥얼거리는 사람이 나 말고도 두 명이나 더 있는 것을 발견하고는 남몰래 재밌어했다. 세 사람 모두 자신이 독창을 하는 줄 알았지만, 사실은 합창을 하고 있었던 셈이다. 우리는 모두 흥 브라더스, 흥 시스터즈였던 것이다.

하지만 대개는 음악으로 무얼 틀어놓았는지 의식조차 못

하고 일에 몰두하기 바쁘다. 그날도 주문을 받고, 커피를 만들고, 설거지를 하고, 바닥을 쓸고, 행주를 빨고 있는데 이상한 느낌이 들었다. 낯익은 음악인데 뭔가 낯선 것이 섞여 있다. 그 낯선 것이 무엇인지 도무지 찾질 못하다가 문득 음악 중간중간 전에는 들리지 않던 색소폰 소리가 들린다는 것을 깨달았다. 으응? 색소폰 소리라니? 갑자기 모든 곡이 색소폰 소리를 입혀서 새로 녹음했을 리는 없고, 그렇다면 이 소리는 플레이어가 아니라 이 공간에서 들린다는 이야기인데…… 누군가 카페 안에서 색소폰을 연주하고 있나? 하지만 아무리 둘러봐도 악기를 연주하는 사람은커녕 악기를 가지고 있는 사람조차 없었다.

카페 밖 길거리에서 누가 연주를 하나 싶어서 나가보았지만 역시 아무도 없었다. 그럼 같은 건물에 사는 입주민 중 누군가가 악기 연습을 하는 건가? 그렇지만 벽을 뚫고 들리는 색소폰 소리치고는 지나치게 선명하고, 무엇보다 내가 틀어놓은 음악의 화성에 정확히 맞아떨어졌다. 혹시 내가 환청을 듣고 있나? 아니면 〈오페라의 유령〉처럼 건물과 건물의 벽 사이에 유령 또는 한 많은 뮤지션이 숨어 있나? 고개를 갸웃거리며 아무리 카페 안을 둘러보고 천장을 노려보거나 벽에 귀를 갖다 대도 실마리를 찾을 수 없었다.

별의별 생각이 들었지만, 마음의 평화를 위해 '음악 자체에 입혀진 소리겠거니' '내가 모르는 새로운 레코딩이겠거니' 하고 무시하려 노력했다. 애써 못 들은 척하려는 내 뒤통수를 간질이며 이 신비로운 현상은 한 주가 넘게 계속되었다. 신기한 것은, 다른 음악을 틀어놓을 때는 그 소리가 들리지 않는다는 것이다. 오직 색소폰이 자연스레 녹아들 수 있는 클래식한 음악을 틀어놓은 저녁 무렵에만 유령 같은 악기 소리가 덧입혀지는 것이다.

비밀은 최근 카페에 자주 오기 시작한 한 남자를 통해 밝혀졌다. 바싹 마른 체형에 그을린 피부톤, 길게 기른 검은 곱슬머리의 그는 흡사 케니 지를 떠오르게 했다. 머리카락은 헤어스타일링 제품을 넉넉하게 발랐는지 갓 샤워를 마치고 나온 듯 촉촉해 보였고, 제법 화려한 정장 차림을 하고 있었다. 그는 오후 늦게 카페에 와서 커피를 마시다가 날이 저물기 시작하면 떠나곤 했다. 그런 그에게 여느 때처럼 라지 사이즈 커피를 내미는데 예의 그 색소폰 소리가 아주 가까이 들리는 것 아닌가. 고개를 들어 그의 얼굴을 보니…… 세상에, 그 소리는 그의 입술 사이에서 새어 나오고 있었다.

놀란 기색을 감추고 커피를 건넨 후 관찰해보니 그에게서 바람이라도 새듯 악기 소리가 새어 나오고 있었다. 커피를 주문하고 받고 고맙다고 하고 날씨 얘기를 주고받는 중간중간 자연스럽게 색소폰 소리가 그의 입술을 비집고 흘러나오는 것이다. 예를 들면, "안녕하세요. 라지 사이즈 블랙커피 한 잔 주세요. (뿌부부부~) 오늘 날씨 정말 좋죠? (뿌루부~ 부우~) (커피를 받아 들고) 고맙습니다. (뿌우우우~)" 하는 식이다. 혹시 본인은 자기 입에서 그런 소리가 나는 것을 모르는 것이 아닐까 싶을 정도로 태연해서 "저기, 입술에서 소리가 새는데, 알고 계세요?"라고 묻고 싶었지만 꾹꾹 참았다. 혹시 투렛증후군처럼 자기도 알지만 통제가 안 되는 것이면 상처가 될지도 모를 일이었다.

또다시 몇 주가 지나고 서로에게 친숙해졌을 무렵, 마침내 이 화제를 입에 올릴 수 있었다. 그가 자기를 뮤지션이라고 소개하며, 저녁마다 브루클린 남쪽에 있는 어느 클럽에서 공연한다고 이야기한 것이다. 다행이다. 소리가 새는 것을 모르는 것도 아니고, 투렛증후군도 아니었다. 그저 몸에 밴 음악이 직업병을 타고 흘러나왔을 뿐이다. 나는 크게 안도하며 그간 당신이 낸 소리 덕분에 내가 얼마나 혼란스러웠는지, 얼마나 많은 추론을 했는지 토로했고, 그는 익숙하다는 듯이 빙그레 웃었다.

그 후로 입술 뮤지션이 카페에 들어서면, 다른 음악을 듣고 있다가도 은근슬쩍 '에이미 와인하우스' 스테이션으로 음악을 바꾸곤 했다. 내가 일부러 음악을 바꾼다는 사실은 몰랐겠지만, 그는 답례라도 하듯 감칠맛 나는 멜로디를 얹곤 했다. 일에 몰두하던 다른 손님이 문득 고개를 들어 어리둥절한 눈으로 카페 안을 휘휘 둘러보는 일이 전혀 없는 것은 아니었지만, 대부분은 그 색소폰 소리가 사람의 입에서 나온다는 것은 상상도 하지 못한 채 흘려들었다. 짓궂게도 그를 시험에 들게 하고 싶었던 날에는 금요일 밤 클럽에서 들릴 것 같은 '디스클로저'의 음악을 틀어놓고 모른 척했는데, 그는 나의 도전장을 가볍게 받아치며 전자음악에 색소폰 멜로디를 얹어냈다. 그리고 그날은 평소보다 많은 사람이 물음표를 단 얼굴로 고개를 들어 주변을 두리번거렸고, 공범자인 입술 뮤지션과 바리스타는 모른 척하며 완전범죄를 꾀했다.

여름 내내 공연 전에 비는 시간을 카페에서 보내며 비밀스러운 라이브 연주를 하던 그는 날이 선선해지자 그의 음악 소리처럼 공기 중에 녹아들 듯 사라져버렸다. 온갖 신기한 장르와 신기한 악기를 연주하는 뮤지션으로 가득한 이 도시에 입술로 연주하는 뮤지션이 있는 것은 놀라운 일도 아닌데, 그런 이와 내 삶에 잠시라도 접점이 있었다는 것이 한여름 밤의 꿈처럼, 꿈인 듯 생시인 듯 신기하기만 하다.

공간의 자기화

'키친Kitchen' 또는 '카운터 뒤Behind the counter'라고 불리우는 이 공간은 여러 명의 바리스타가 공동으로 사용하는 공간이 자 바리스타 개인의 공간이기도 하다. 내가 지금 일하고 있는 중간 규모의 카페에서는 네댓 명의 바리스타가 돌아가며 혼 자 또는 함께 일을 하고 있다. 공간에 대한 기본적인 규칙들이 있어서 일하는 사람이 바뀌어도 큰 변화가 없는 것이 원칙이 지만 사실은 그날그날 일하는 사람에 따라 공간은 새롭게 세 팅되곤 한다.

예를 들어, 에스프레소를 내리고 난 원두 찌꺼기를 버리 는 통이 그라인더 바로 옆에 있는 날도 있고 우유를 스팀하는 스테인리스 저그 옆에 있는 날도 있다. 손님에게 뚜껑이나 빨 대까지 챙겨서 주는 것을 좋아하는 사람이 일하는 날엔 카운 터 위에 플라스틱 뚜껑이 잔뜩 쌓여 있기도 하고, 그런 부차적 인 서비스를 쿨하게 생략하는 사람이 일하는 날에는 컵들만 단촐하게 쌓여 있다. 에스프레소 머신 위에 커피잔을 정리해 놓는 배열도 사람마다 다르고 냉장고에 저장하는 아이스 커피 원액을 배치하는 방식도 다르다. 그렇게 모두가 적게는 네 시 간, 많게는 여덟 시간을 일하는 공간을 열심히 자기화시킨다.

일하는 사람이 작업 공간을 자기화하는 것은 실용성 면에서 타당한 일이다. 특히 짧은 시간 안에 다양한 종류의 작업을 효율적으로 처리해야 하는 테이크아웃 커피점에서는 더욱 그렇다. 하루에도 백 번이 넘게 같은 동작을 반복하다 보면 나중에는 (조금 과장하자면) 눈 감고도 저절로 손과 발이 움직여 음료를 만들어내고 계산을 하곤 하는데 이때 계산대의 높이가 5센티만 낮아져도, 에스프레소 머신의 각도가 10도만 틀어져도 움직임에 제동이 생기고 속도가 느려진다.

그렇지만 더 흥미로운 것은 실용성을 넘어선 차원의 '자기화'이다. 한 사람이 서 있는 공간은 겨우 가로세로 30센티미터 남짓의 작은 공간이지만 그 작은 존재가 움직여 다니며 그보다 큰 공간에 자신의 인장을 찍어둔다. 마치 여행지의 숙소에서 내 칫솔이 세면대 위에 올라가야 미묘하게나마 공간이 편안해지는 것처럼. 라이너스가 애착 담요라는 친근하고 부실한 상징물을 들고 낯선 것들의 공포를 견디는 것처럼.

김영하의 소설 『살인자의 기억법』에는 젊은 날 기가 막히게 똑똑한 머리로 수많은 연쇄 살인을 성공적으로 저지르지만 알츠하이머를 앓으며 뇌 기능을 점차 상실하는 노인의 이야기가 나온다. 그 과정 중 하나가 뇌에서 친근함을 관장하는 영역이 파괴되는 것이다. 친딸도, 살던 집도, 키우던 개도 모조리 낯설게 느껴지기 시작하는 것이다. 마치 SF영화에 나오는 탐사대의 일원이 낯선 세계에 첫발을 내딛는 것처럼 그에게는 매일매일이 경이롭고 공포스러운 경험이 되는 것이다. 내가 방금 밟은 이 땅이 내게 적대적인지 호의적인지 모르는데 나는 이 땅에 대한 정보가 아무것도 없다. 친근하지 않은 공간, 자기화되지 않은 공간에서는 일상 자체가 이런 스릴러가 되다니 참으로 살 떨리는 일이 아닐 수 없다.

그렇게 생각하니 공간을 자기화하려는 바리스타들의 노력의 근원에는 나름 생존과 연결된 절박한 본능이 자리하는 것이다.

업무 다이내믹

초등학생 때인지 중학생 때인지 기억나진 않지만 어쨌든 지루한 수업 시간에 지나가는 말로 선생님이 해준 이야기가 있다. 개미 집단을 자세히 들여다보면 열심히 일을 하는 80퍼센트의 개미들과(정확한 숫자는 기억나지 않는다) 피둥피둥 노는 20퍼센트의 개미들로 구성되어 있어 사실상 노동은 구성원의 일부만 하고 있다는 것이다. 열심히 일하는 개미 80퍼센트만 모아서 새로운 개미 사회를 구성하면 모든 구성원이 열심히 일을 할 것 같은데, 재미있게도 그 '모범생' 군단이 다시 80퍼센트의 일꾼과 20퍼센트의 빈둥꾼으로 나뉜다고 한다.

지금 내가 일하는 지점은 일곱 개의 지점 중 가장 바쁘고 매출이 높은 곳이다. 이 지점에 배치받은 초기에 모든 바리스타들이 어쩜 그리도 자발적으로 열심히, 그리고 완벽하게 일을 하는지 감탄하며 지켜봤던 기억이 있다. 중요한 지점이다 보니 가장 열심히 일하는 사람들로 배치를 한다는 소문이 있었는데 과연 그래 보였다. 그들에게 질 수 없어 나 역시 그 누구보다도 열심히 일했다.

사실 나라는 사람은 뭐든 별생각 없이 꾸역꾸역 열심히

하는 사람이긴 하다. 왜 그런 사람 있지 않은가. 머리를 비우고 끊임없이 몸을 움직이며 단순노동 하는 것으로 희열을 느끼는 사람. 앉은 자리에서 만두 오백 개 빚으라고 해도 군말 없이 잘 빚고, 전을 부치라고 하면 온종일이라도 부치고, 종이 봉투를 풀로 붙이라 해도 엉덩이 무겁게 앉아서 봉투 천 개쯤 즐거이 완성하는 사람. 그런 사람이 나다.

반년이 지날 무렵 나는 이 지점의 단순노동은 내가 거의 독점하고 있다는 걸 깨달았다. 처음에 날 감탄시켰던 다른 이들이 아주 미묘하게 슬슬 손을 놓아갔고 그러거나 말거나 나는 늘 정해진 시간 안에서 쉬지 않고 할 수 있는 일을 모조리 찾아 해버리는 사람이니 크게 구멍이 나는 일은 없었던 것이다. 그러다 슬슬 다른 이들이 손을 놓는 수위가 높아지면서 구멍이 나기 시작했고 나는 그 구멍을 메우려고 기를 쓰고 더 열심히 일을 하게 되었다. 그러다 보니 카페 일이 몸에 익어감에도 불구하고 할 일은 많아지고 점점 더 지쳐가다가 퍼뜩 '내가 바로 그 80퍼센트의 호구 일꾼 개미'라는 걸 깨달았다.

함께 일하는 이들은 못되거나 이기적인 타입의 사람들이 전혀 아니다. 그들은 아마 어떤 일이 누구에게 더 많이 배당되는지 깊이 생각하지 않을 것이고 만약 내가 조금이라도 버거워 한다는 것을 알면 기꺼이 나서서 이 일을 가져갈 사람들이다. 다만 아무도 의식하지 않은 사이에 물이 위에서 아래로 흐르듯 그렇게 자연스럽게 업무가 흐르고 흘러 내 손에 떨어졌을 뿐.

한때 시험 삼아서 일부러 단순노동에서 손을 놓아볼까 생각을 해봤었다. 그러면 다른 이들이 내 공백을 눈치채고 미안해할까 싶어서. 생각하면 할수록 그들이 '공백을 눈치챌' 가능성은 거의 없고 내가 손 놓은 분량의 일이 아무도 의식하지 않은 새에 나머지 사람들에게 재분배되고 다시 균형을 찾을 거라는 생각이 들었다. 하지만 그 과정에서 나만 괜히 '할 일이 눈에 보이는데 못 하고 있어!' 하며 아무도 모르게 스트레스를 받을 것이 분명하다.

　　어쩌면 이것은 나라는 사람이 어떤 사람인지를 보여주는 역설인지도. 남들이 중요하게 생각하지 않는 단순한 일을 꾸역꾸역 찾아서 하는 성향이 뼛속에서부터 우러나와서 어딜 가든 자연스럽게 제자리를 찾듯 그 역할을 하게 되는지도. 어쩌면 그 역할이 내 몸에 맞는 옷과 같아서 저항하기보다는 달게 받아들이는 편이 스스로에게도 편하고 공동체를 편하게 하는지도. 그래서 지금처럼 내키는 대로 열심히 일하기로 마음먹었다.

소년과 팁

이곳에 정착한 지 몇 년이 지나도 여전히 알쏭달쏭하고 익숙해지지 않는 것 중 하나가 팁 문화다. 음식점이나 택시, 미용실 등 사람을 거친 서비스를 받는 업장에서는 가격의 15~18 퍼센트를 서비스 제공자에게 팁으로 주는 것이 관례이다. 하지만 '관례'라는 것이 대개 그러하듯 철저히 자발적으로 이루어지고 정확한 기준도 없으며, 누가 옳고 그르다고 판단할 수도 없는 것이라 '남들은 어떻게 하나' 눈치 싸움을 해서 파악하는 수밖에 없다. 덕분에 나처럼 다른 문화권에서 온 사람들은 '내가 맞게 하고 있는 건가' 불안해하며 여기저기 부딪히며 요령을 터득하게 된다.

카페에서 일하며 발견한 점은 경제적으로 여유가 있(어 보이)는 미국인들은 테이크아웃 카페에서도 후하게 팁을 낸다는 것이다. 나는 주변 사람들과 여행 책자를 통해 '테이크아웃 음식점에서는 팁을 내지 않아도 된다'고 들어서 그렇게 해왔는데, 지금 일하는 카페에서는 겨우 2달러짜리 커피를 한 잔 사도 1달러를 팁 통에 넣는 경우가 많다.

팁을 주고받는 과정은 바리스타와 손님 간의 비밀 언어처럼 우아하고도 자연스럽게 이루어져야 한다. 예를 들어 음료값이 4달러인데 손님이 5달러짜리 지폐를 내밀고 카운터 앞을 떠나버리면 1달러는 당연히 바리스타의 몫으로 팁 통에 넣으면 된다. 나처럼 눈치 없는 바리스타가 "저기요, 잔돈 안 가져가셨어요" 하고 불러 세우고는 착한 일을 했다는 듯 방긋 웃고 있으면 서로 어색한 상황이 되는 거다.

하루는 근처에 공립학교가 있는 지점에서 일을 하고 있었다(내가 일하는 카페는 지점이 몇 군데 있고 바리스타들이 여러 지점을 돌면서 일을 한다). 오후가 되면 하굣길의 학생들이 쿠키나 빵을 사 먹으러 오곤 하는데 몇 번 온 적 있는 예의 바른 소년이 와서 쿠키와 빵들을 한참 들여다본 후 아주 조심스러운 어투로 "이건 얼마예요?"라고 물었다. 이 카페의 제과류는 대개 글루텐 프리, 또는 비건 제품이어서 가격대가 제법 높다. 가격을 말해주자 손에 들고 있는 용돈보다 높았는지 아쉬운 얼굴로 다른 쿠키를 가리키며 "이건 얼마예요?"라고 다시 물었다. 안타깝게도 그 쿠키도 가격대가 높았다. 얼굴을 붉히면서 다시 다른 쿠키 가격을 물으며 "죄송해요"라고 말하는데 이번엔 다행히 아무런 옵션도 없는 단순하고 값싼 쿠키였다. 그제야 안심한 표정으로 "이거 주세요"라고 말하고는 꾸깃한 1달러 지폐를 몇 장 내밀고 잔돈으로 75센트를 받아갔다. 그런데 이 녀석이 75센트를 전부 내 팁 통에 넣는 것이다. 아마 아이는 부모로부터 "이러이러한 경우에 잔돈은 반드시 팁으로 내고 나오렴"이라고 교육을 받았겠지. 그 돈이 얼마 안 남은 용돈의 전부라도 말이다. 75센트를 다시 꺼내 소년의 손에 쥐여

줄까 하다가 착한 소년의 자존심에 상처를 주는 일일까 봐 그 만두었다.

소년을 보고 초등학교 저학년 때가 생각났다. 문제집을 잘 풀었다고 엄마가 준 상금 오백 원을 들고 들뜬 마음으로 동네 문방구에 뛰어간 적이 있었다. 평소 용돈을 받아보지 않았던 꼬맹이는 오백 원만으로도 부자가 된 기분이 들었고 '무얼 살까' 둘러보는데 오백 원으로 살 수 있는 물건이 생각보다 너무 없었다. 게다가 물건에 가격표가 없어 부끄러움을 무릅쓰고 지우개나 샤프 따위를 가리키며 주인아저씨에게 "이건 얼마예요?"를 물을 수밖에 없었다. 세 번째 물었을 때 아저씨가 한숨을 쉬며 대답을 했는데 순간 얼굴이 붉어져서 아무것도 사지 않고 가게를 나왔고 그 뒤로 성인이 될 때까지 그 문방구에는 다시 가지 않았다.

지금 생각해보면 동네 문방구 중 유일하게 '팬시점'이라는 호칭의 고급화 전략을 썼던 그 문방구에는 늘 사람이 없었다. 간만에 들어온 손님이 코 묻은 오백 원짜리 동전을 든 어린애였으니 주인 입장에서 한숨이 날 만도 하다. 그 한숨은 나에 대한 한숨이 아니라 '이런 씨, 전세금 빼서 차린 문방구는 몇 년이 지나도 본전은커녕 월세나 간신히 벌고 있고, 애는 좀 있으면 초등학교 갈 나이인데 앞으로 학비는 어떻게 대지? 문구점이 아니라 고깃집을 차렸어야 했나'라는 생각에서 나오는 한 서리고 회의 어린 한숨이었을 수도 있다.

하지만 자존심 강한 내게는 꽤 상처가 되었던 모양이다. 아저씨는 자신의 지나가는 한숨이 누군가의 기억에 이십여 년 넘게 남아 또 다른 어린아이에 대한 배려로 살아났을 줄은 몰랐겠지.

리뎀션 카드

손님이 음료를 구매할 때마다 명함 사이즈의 카드에 도장을 하나씩 찍어준다. 도장 아홉 개가 차면 열 번째 음료는 자신이 원하는 것을 아무거나 무료로 주문할 수 있다. 여기에서는 이 걸 '로열티 카드' '리워드 카드' '스탬프 카드' '펀치 카드' 등으로 부르는데 공식적으로는 '리뎀션 카드'라고 칭한다. 이 '리뎀션Redemption'의 뜻을 잘 몰라서 사전에서 찾아보니 구원, 상환, 현금화 등의 뜻이라고 한다. 지금까지 쌓은 구매의 '덕'에 대한 보상으로 무료 음료를 받는 것과 구원, 상환, 현금화는 뭔가 잘 연결이 되지 않아 참으로 이상한 어휘라고 생각했다.

계산을 할 때마다 매번 이 카드를 권할지 말지를 둘러싸고 미묘한 내적 심리전이 있다. 일단 현금 혹은 신용카드와 함께 리뎀션 카드를 내미는 손님은 오케이. 그냥 도장을 찍어주면 된다. 그러나 카드를 내밀지 않는 이들 앞에서는 많은 추리를 해야 한다. 단골인데 카드를 내밀지 않으면 "혹시 오늘 카드 가져왔어요?"라고 묻는데 대부분 "아차차! 고마워!"라며 지갑을 주섬주섬 뒤지기 시작한다. 그렇지 않은 경우엔, 이 사람이 이 카페에 여러 번 왔던, 혹은 올 것 같은 사람인지, 지갑에 이런 식의 스탬프 카드를 가지고 다니는 것에 거부감이 없는 사람인지, 아니면 내가 이미 카드를 권유했는데 거절했던 적이 있는 사람인지 등을 고려하여 가능성이 있는 사람에게 "혹시 스탬프 카드 줄까요?"라고 물으면 절반 정도의 사람들은 "그러죠, 뭐"라며 수락한다. 나머지 절반은 "고맙지만 괜찮아요. 어차피 잃어버릴 거라서"라거나 "카드를 여러 개 가지고 다니기 힘들어서"라며 거절한다.

20세기 초의 지식인 같은 풍모에 언제나 전자담배를 입에 물고 들어와서는 더블 에스프레소를 시킨 후 말 한마디 없이 훌쩍 마시고 가는 중년의 아저씨에게 "저기, 카드 드릴까요?"라고 물은 날엔 한쪽 입꼬리가 올라간 시크한 미소가 거절 대신 돌아왔다. 그래서 상대방이 카드를 달라고 하기 전에 먼저 권유하는 경우가 많진 않다.

그렇게 한 땀 한 땀 소중히 도장을 채워 무료 음료를 받는 날은 손님에게도 나에게도 기분 좋은 날이다. 늘 기본 커피를 시키던 중년 여자가 사탕 가게 앞에 선 아이와 같은 표정으로 메뉴를 읽으며 무얼 먹을지 고민하고 있을 때면 보는 이도 덩달아 기분이 들뜬다. 평생 라테를 한 번도 먹어본 적이 없는 이에게 라테가 어떤 것인지 설명해주기도 하고 단 것을 좋아할 것 같은 이라면 가게에서 가장 비싼 모카라테나 코코넛라테 등을 권유해서 만들어주기도 한다. 평소에 블랙커피를 마시던 이라면 가성비가 가장 좋은 메뉴는 라지 사이즈 콜드브루라고 귀띔해준다.

대부분의 사람들은 계산할 때 리뎀션 카드를 꺼냈다가

꽉 차 있는 것을 보면 그날 즉시 사용한다. 그러나 소수의 사람들은 기쁨을 유보한다. 몇십 년째 작은 기념품 가게를 꾸리며 주말도 없이 일 년 내내 일하는 할아버지는 벌써 열 장도 넘게 카드를 채웠지만 여전히 작은 사이즈의 기본 커피만 시키며 새 카드에 도장을 채우고 있다. 정확히 무슨 작업을 하는지 모르겠지만 본인을 아티스트라고 칭하며 카페에서 눈이 마주치는 모두에게 말을 거는 또 다른 할아버지는 지갑에 돈이 한 푼도 없는 날에 대비해서 꽉 찬 카드를 챙겨둔다. 수줍고 피곤한 인상의 TV 드라마 작가는 치열한 마감 날이나 글이 잘 안 풀리는 날 에스프레소 샷 네 개짜리 카푸치노를 시키기 위해 카드를 쟁여둔다.

화요일인 어제는 이틀째 추적추적 내리는 비에 모두가 지치고 우울한 날이었다. 새싹을 깨우고 꽃망울을 적시는 그런 따스한 봄비가 아니라 지난한 겨울의 마지막 옷자락같이 차갑고 무거운 부슬비였다. 이런 날엔 괜스레 내 삶에 대한 회의가 스멀스멀 올라오고 왠지 지금 내가 선택을 잘못한 것 같다는, 모든 것이 다시 괜찮아지는 날이 오지 않을 것 같은 불길한 예감에 다리가 풀리곤 한다.

카페에 들어서는 손님들도 하나같이 어둡고 울적한 얼굴이다. 그중 한 손님의 카드에 도장을 찍으려고 보니 이미 도장이 꽉 차 있었다. 오늘 카드를 사용하겠냐는 질문에 잠시 생각하던 손님이 오늘은 돈을 낼 테니 새 카드에 도장을 찍어달라고, 무료 카드는 아껴 두겠다며 말했다.

"궂은 날에 대비해서요 For a rainy day."

좋은 생각이라고 맞장구를 치면서 그 표현의 아름다움에 감탄했다. 비 오는 날이라……

어쩌면 '구원'이나 '상환'이라는 뜻의 리뎀션이 적절한 표현인지도 모르겠다. 이렇게 질척하고 추운 날들을 견디며 꿋꿋하게 도장을 찍다 보면 어떤 날에는 지금의 고민과 회의, 고통에 대한 상환으로 선물처럼 무료 음료가 짜잔 하고 기다리고 있을지도 모를 일이다. 지금 맞는 길을 가고 있는 것인지 아니면 다 망쳐버린 것인지는 모르겠지만, 언젠가는 옳다고 생각되는 지점에 다다르는 순간이 있을 것이고, 그때 가서 돌아보면 지그재그로 걸어온 지난 길이 그 순간을 만드는 데 필요했던 요소임을 수긍하게 될 테니까. 옳다고 생각되는 그 지점에서 눈 깜짝할 새에 다시 내려와 또 회의와 고민으로 점철된 길을 걸으며 '이렇게 살아도 되나'를 묻더라도 하나하나 도장을 찍다 보면 언젠가는 선물처럼 '리뎀션'의 순간이 다시 온다는 것을 아니까 조금 덜 두려워할 수 있을 것 같다.

2016

모자

이미지를 바꾸는데 가장 작고도 효과적인 패션 아이템을 대라면 '모자'라고 하겠다. 타인을 바라볼 때 가장 먼저 눈이 가는 부위가 머리라서 그런지, 평범한 차림새에 적절한 모자만 얹어주어도 갑자기 꽤나 그럴듯해 보이기 시작한다. 뉴욕에 처음 왔을 때 바리스타들이 왠지 모르게 세련되고 멋져 보였는데, 머지않아 그들이 쓰고 있는 모자가 멋짐에 한몫한다는 것을 깨달았다. 그래서 바리스타라는 직군은 패션에 관심이 많은 멋쟁이를 위한 것이라고 생각했다.

하지만 카운터 뒤에 발을 디딘 첫날 알게 되었다. 바리스타들이 모자를 쓰는 이유는 멋을 부리기 위해서가 아니라 법규 때문이라는 것을. '헬스 코드Health Code'라고 부르는 위생법에 따르면 요식업소에서 음식을 다루는 이들은 필수로 모자나 헤어네트를 써서 음식과 식기가 머리카락에 오염되는 것을 방지해야 한다. 따라서 샌드위치나 베이글 등의 음식을 다루는 바리스타들도 '키친Kitchen'이라 부르는 카운터 뒤 공간에 들어가기 위해서는 무엇으로든 머리를 가려야 한다.

일단 머리를 덮기만 하면 그걸 가지고 멋을 부리는 것은 자유다. 그래서 비교적 가벼운 음식만 다루는 바리스타들은 머리에 쓸 것을 고르는 데에 있어서 자유로운 편이다.

제일 흔하고 단순한 것은 야구 모자라고도 부르는 캡이다. 쉽게 구할 수 있고 캐주얼한 옷에 잘 어울리고 과하게 멋부린 느낌이 나지 않아 사랑받는 아이템이다. 90년대 키드인 나는 챙을 뾰족하게 꺾고, 뒤통수의 사이즈 조절 구멍으로 포니테일을 빼서 곱창밴드로 묶고 다니던 시절 이후로는 딱히 캡에 대해 애정을 가져본 적이 없는데 지금의 10대, 20대는 슈프림과 뉴에라의 콜라보 스냅백에 열광하는 등 여전히 캡은 대세 아이템인 모양이다(하지만 이 세계에 대해선 너무 무지해서 말할수록 할머니 인증을 하게 되니 어여 넘어가자. 에헴).

캡만큼이나 널리 사랑받는 것은 털모자 또는 비니이다. 역시 쉽게 구할 수 있고 어디에나 잘 어울리지만 치명적인 단점은 보온성이 너무 좋다는 것이다. 거의 항상 더운 상태로 일하는 바리스타는 보온밥통을 머리에 쓰고 일하는 기분을 느낄 수 있다. 따라서 심할 정도로 냉방이 잘 되지 않고서는 겨울 외에는 쓰기 힘든 아이템이다.

그다음은 반다나이다. 정사각형의 작은 스카프나 손수건을 대각선으로 돌돌 접어서 헤어밴드처럼 머리에 두르는 것이 가장 흔한 방식인데, 손쉽게 트렌디한 스타일을 연출할 수 있어서 남녀 모두에게 사랑받는다. 하지만 이 방식은 머리를 덮는 면적이 너무 적어서 과연 법규에 따라 충분히 머리를 덮었다고 볼 수 있는지 논란이 있다. 위생 검사관에 따라 반다나를 인정하는 이와 그러지 않는 이가 있는 모양인데, 덕분에 고용주는 직원들이 반다나를 두르는 것이 탐탁지 않다. 사장은 때때로 직원들에게 반다나를 하지 말라고 지시하지만 스타일을 포기할 수 없는 직원들의 거센 항의와 반항이 되돌아가곤 한다.

스카프는 내가 가장 애용하는 방식이다. 살다 보면 옆구리에 군살 붙듯 왜인지 모르게 스카프가 자꾸만 쌓이지 않나(나만 그런가?). 그런 스카프들이 내 인생의 바리스타 시기에 물을 만났다. 주로 그날 입은 옷이나 메이크업에 맞춰 고른 긴 스카프를 터번처럼 감은 뒤 뒤통수에서 매듭을 지어 남은 부분을 포니테일처럼 등 뒤로 늘어뜨리거나, 정수리 부근에서 짧게 매듭을 지어 끝자락을 스카프 밑에 끼워 넣는다. 나처럼 피부색이 웜톤인 사람이 쿨톤의 립스틱을 바르고 싶을 때 비슷한 톤의 스카프를 둘러주면 이질감이 누그러들기도 하고, 스카프가 시선을 분산해서 보름달처럼 동그랗고 큰 얼굴이 좀 갸름해 보이는 효과도 있다. 정수리 부분이 뚫려 있어서 머리통이 과열될 염려도 없고 출퇴근길에 추우면 벗어서 목에 둘러도 된다. 카페 손님들의 반응도 좋아서 스카프를 어떻게 두르는 것인지 배우고 싶다며 시범을 보여달라는 사람이 많아, 돈 계산을 하다 말고 주섬주섬 스카프를 풀었다 다시 묶는 퍼포먼스를 펼치기도 한다.

그리고 가장 멋쟁이 아이템인 페도라가 있다. 어지간한 차림새도 단박에 힙스터로 만들어주는 강력한 아이템인 만큼 가격대에 따른 만듦새의 차이가 쉽게 드러나며, 컬러와 재질,

디자인 등을 섬세하게 고려해서 코디해줘야 한다. 클래식하고 고급스러운 모자는 지난 10여 년간 뉴욕 힙스터의 상징적인 아이템이었고, 힙스터와 서드웨이브 카페는 부정할 수 없는 공생 관계이므로, 자연스레 서드웨이브 카페와 페도라 역시 같은 이미지 그룹 안에 묶이게 되었다. 세컨드웨이브의 이미지를 벗으려 고군분투하던 스타벅스가 2016년에 직원들에게 페도라를 허용하기 시작한 것은 상징적인 사건이었다.

하지만 슬슬 페도라의 시대가 저물고 있는 것인지, 그간 소위 '뜬다'는 동네마다 생기며 전성기를 누리던 대표적인 고급 모자 브랜드가 최근 뉴욕에서 사업을 축소하고 있다. 카페의 한 블록 아래에서 7년간 모자를 팔며 이 동네의 세련 지수를 높이던 지점도 지난 크리스마스를 마지막으로 문을 닫고 말았으니 말이다. 패션 화보에서 갓 빠져나온 듯 스타일리시한 차림새의 모자 가게 직원들이 출근길에 커피를 사며 "잘해줄 테니 한번 와"라고 눈을 찡긋한 게 벌써 몇 년째인데 결국 내가 마음을 먹기도 전에 모자 가게가 먼저 사라졌다.

익숙한 것들이 사라지고 새로운 것들이 그 자리에 들어와 차차 낡아가다가 사라지기를 반복한다. 나도 이 거리에서 매일 조금씩 낡아가는 중이다.

카페 미스터리

카페에서 일하면서 좋은 점은 사람에 대해 몰랐던 많은 것을 배울 수 있다는 점이다. 물론 특정 지역 특정 카페에 들어오는 사람들은 이미 강한 사회문화적 공통점을 보유한 매우 작은 모집단이기 때문에 일반화시키기에는 무리가 있겠지만, 나처럼 이 문화권에서 산 지 몇 년밖에 되지 않아 문화적으로나 언어적으로나 지식이 없고 활동 반경이 좁은 사람에게는 좋은 공부의 기회이다.

예를 들어, 이른 오후에 에스프레소를 주문하는 사람의 상당수는 30~50대의 말 없는 남자들이다. 지적인 인상의 그들은 대개 싱글 또는 더블 에스프레소를 시키고 종이컵보다는 잔에 내주는 편을 선호한다. 미국 사람들이 사회인으로서의 기본 덕목으로 여기는 시답잖은 잡담도 하지 않고 조용히 커피를 받아 엄숙하게 홀짝홀짝 몇 모금을 마시고는 들어올 때보다 미묘하게 편안한 얼굴로 미소를 띠며 인사하고는 가게를 나간다.

매일 오후 의식을 치르듯 카페에 들러 싱글 에스프레소를 시키는 중년의 손님이 있다. 나는 그를 의사라고 상상한다.

근처에 종합병원이 하나 있어서 병원의 의사들이 카페에 자주 오기도 하고, 그에게는 긴 시간 사람들의 고통스러운 호소를 듣고 그에 대한 판단을 할 법한 신중함과 굳건함이 있기 때문이다. 분명 표정 변화 없이 환자들의 증상을 듣고는 무심한 듯, 그러나 신중한 처방을 하는 중견 의사 중 한 명이겠지. 그리고 온종일 타인의 고통에 대해 들어야 하는 일이 힘겨워지면 자신의 피로를 밖으로 드러내거나 누군가에게 투정을 부리는 대신 잠시 쉬는 시간을 틈타 밖으로 나와 더블도 아닌 싱글(보라, 그의 절제를!) 에스프레소를 마시며 기분을 리프레시한 다음 다시 바위처럼 굳건하게 진료를 하겠지.

두 번째. 이 카페에는 바 자리와 커다란 공동 테이블을 포함하여 아홉 개 정도의 테이블이 있는데 언제나 한 자리에 빵 부스러기가 밀집되어 있다. 그 자리에 유난히 부스러기를 잘 흘리는 단골손님 한 명이 고정으로 앉는 것인가 싶지만 사실 그 자리는 출입문 바로 앞이라 단골이면 알아서 기피하는 자리이다. 그러나 그 자리에 앉는 다양한 사람들은 어김없이 빵 부스러기를 잔뜩 흘려놓는다. 아마도 출입문 앞자리를 선호하는 이들의 성향과 음식을 잘 흘리는 성향 사이에 어떤 링크가 있는 모양인데 이런저런 가설을 세워놓고 앞으로 그 자리에 앉는 이들을 자세히 관찰해보기로 했다. 하지만 내가 얼마나 끈기 있게 이 연구에 매달릴지는 모르겠다. 카페 안에는 연구 주제가 너무 많단 말이지.

세 번째. 에스프레소 머신 옆에 그라인더가 하나만 놓여 있다면 디카페인 커피는 안 먹는 게 좋다. 대부분 그라인더 하나에 한 종류의 원두밖에 담지 못하기 때문에 그라인더가 하나 놓여 있다면 그건 일반 에스프레소용 원두가 들어 있다는 뜻이다. 그리고 사용 빈도가 낮은 디카페인 커피를 위해 비싼 그라인더를 더 들이기보다는 디카페인 원두를 미리 갈아서 가루 상태로 보관했다는 뜻이다. 미리 갈아놓은 커피 원두는 덜 신선한 것은 물론이거니와 에스프레소 머신은 커피 입자의 밀도, 습도, 온도 등의 미묘한 변화에도 완전히 다른 결과물을 내놓기 때문에 바리스타가 엄청나게 신경 써서 온갖 변수들을 조정하더라도 서빙하기에 민망한 퀄리티의 에스프레소가 나오기 일쑤다. 라테처럼 우유로 커피 맛이 가려져서 어지간한 차이는 티도 안 나는 경우가 아니라면 디카페인 커피는 그라인더가 여러 대 놓여 있는 카페에서만 마시기를 추천한다.

아무도 모르게 카운터 뒤편에서 나 스스로와 잡담을 하다 보니 어느새 오후 다섯 시. 해가 느슨하게 내려와 건물의 그림자가 길 건너편까지 늘어지는 시간이다. 맑은 날에는 근사한 오렌지빛 황혼이 맞은편 슈퍼마켓의 유리창에 반사되어 내가 서 있는 카운터까지 드리워진다. 저녁 일과를 시작할 시간이다.

○

의사라고 상상한 싱글 에스프레소 아저씨는 알고 보니 이탈리
아에서 온 파스타 장인이었다. 바에 선 채로 30초 안에 에스프
레소를 홀짝 마시고 떠나는 것이 로마 스타일이라고 생각했는
데 출신지가 로마에서 멀리 떨어지지 않은 도시라고 한다. 카
페에서 멀지 않은 곳에 생면만 파는 파스타 상점을 열었다고
하니 언젠가는 사 먹어봐야겠다. 근거는 없지만 인생 파스타
를 먹을 수 있을 것 같은 예감이 든다.

●

출입문 앞자리의 미스터리는 의외로 쉽게 풀렸다. 출입문 바
깥에 유모차를 주차해놓은 손님들이 그게 잘 보이는 자리에
앉다 보니 출입문 바로 앞 테이블에 앉았던 것이다. 당연히 그
유모차를 타고 온 어린아이는 테이블 주변에 부스러기를 잔뜩
흘리며 빵과 과자를 먹었던 것이고. 범인은 바로 유모차 탑승
객들!

좀도둑 소녀

금요일답게 제법 바쁜 하루를 보내고 슬슬 문 닫을 준비를 하고 있을 때 앳된 여자애 한 명이 들어오더니 핫초코를 주문했다. 계산대에서 세 걸음 떨어진 에스프레소 머신에서 공들여 핫초코를 만들어 돌아왔더니 여자애가 사라졌다. 나의 팁 통과 함께. 뒤늦게 카페 밖으로 뛰쳐나갔지만 이미 어둑해져서 사위 분간이 잘 되지도 않고 당연히 그 여자애도 눈에 띄지 않았다.

예전에 소호의 비영리단체에서 운영하는 카페에서 일할 때에도 비슷한 일이 있었다. 약에 취한 것 같은 소년 서너 명이 낄낄거리며 카운터 앞에서 말장난을 하길래 대꾸하지 않는 게 상책이라 생각해서 돌아서서 할 일을 하고 왔더니 후원금 모금함이 사라져 있었다. 단골손님보다는 스쳐가는 손님이 많은 맨해튼의 카페에서는 제법 흔한 일이라 짐작은 하고 있었지만 주거 밀집지역에 주로 단골손님 위주로 장사를 하는 이동네의 카페에서도 같은 일이 벌어질 거라곤 상상을 못 했다.

카페 문을 닫기 직전이라 하루치 팁이 모였을 시간이긴 하지만 그래 봐야 30~40달러. 더 험한 일에 비하면 그리 큰일도 아니다. 하지만 그보다 실망스러웠던 건 이 카페 손님들에 대해 유지해왔던 신뢰가 배신당한 것이다. 그리고 없는 이가 없는 이를 등쳐먹는 그런 유의 일이 내게 일어났다는 것. '설국열차'의 꼬리 칸에 탄 기분이랄까.

별것 아닌 일이라고 스스로에게 말하지만 비참한 기분이 들어 우울했는데 사정을 알게 된 카페 손님들이 갑자기 빈 종이컵 하나를 집더니 십시일반 돈을 모으기 시작했다. 그리고 그 돈을 건네며 "자, 이거 당신 팁이에요. 더 주고 싶은데 오늘은 현금이 이것밖에 없네요"라고 말해서 날 울렸다.

이 일에 넋이 나가기도 했고 워낙 바쁜 하루라 지치기도 해서 마감 작업이 꽤 지연되었고 밤늦게야 카페를 나섰다. 집에 가는 버스에 탔는데 짜잔! 눈앞에 그 좀도둑 소녀가 떡 하니 서 있는 게 아닌가. 나도 모르게 "야!" 하고 소리 질렀는데 순간 '내가 사람을 잘못 본 거면 어떡하지? 아니, 그런데 뭐라고 말을 해야 되지? 돈을 내놓으라고? 잡아떼면 어떡하지? 경찰서로 같이 가자고 해야 하나? 아니면 좋게 얘기해서 돈은 가져도 좋으니 팁 통이라도 어디에 버렸는지 말해달라고 해야 하나?'라는 생각이 들었다. 그런데 내가 그렇게 혼란스러워하는 사이 그 애가 날 보며 배시시 웃는 거다. 사람을 잘못 본 게 아니라는 확신은 강해졌지만 이번엔 '정신이 이상한 아이면 어떻게 해야 하나' 하는 걱정과 그 여자애와 동행한 몸집 큰 남자가 해코지를 하면 어쩌나 싶어 무서워지기 시작했다. 때마침 행사가 있었는지 열댓 명의 무례하고 시끄러운 노인들이 단체로 버스에 타면서 버스는 혼란의 도가니가 되어버렸다.

내게서 몇 발자국 떨어진 곳에 서 있는 그 여자애와 여자애의 동행을 끊임없이 곁눈질하는 와중에 노인들은 그 여자애가 자리를 양보하지 않는다며 큰 소리로 악담을 하고, 보면 볼수록 정신이 이상하거나 약에 취한 것 같아 보이는 그 여자애는 노인들이 뭐라고 하든 말든 천진하게 배시시 웃으며 그들을 마주보고 있고, 그사이에 버스가 약간 과격한 정차를 했다고 버스에 탄 노인 전체가 다 같이 악을 쓰며 기사에게 화를 내는데, 버스 안의 공기는 승객들이 내뿜는 숨과 오줌 냄새 밴 체취로 탁해져가고. 한마디로 총체적인 난국이었다. 그리고 나는 '넌 지금 아무 행동도 하지 않을 핑계를 열심히 찾고 있는 거잖아. 넌 비겁한 멍청이야. 평생 그렇게 갈취나 당하며 살아라'라고 스스로를 한껏 경멸하며 만신창이가 되어가고 있었다.

결국 평소보다 한 정거장 먼저 내려 집까지 걸어가면서 "다시는 타고 싶지 않은 버스야"라며 혀를 내두르고는 상처받은 짐승처럼 총총총 집으로 숨어들어 긴 잠을 잤다.

세 명의 손님

○

J는 매일 오후 거의 같은 시간에 와서 스테인리스 텀블러에 블랙커피를 담아 달라고 한다. 본업이 영화 편집이라고 하기에 관심을 가지고 이것저것 물어봤는데 '자세히 설명해도 모를 텐데……'라는 분위기로 적당히 대답하고 넘기는 것 같다. 나 역시 영화 쪽 일을 했었다는 말을 할까 하다가 그래봤자 미국 영화의 편집자와는 공통 화제가 없을 확률이 커서 말없이 커피만 따라주었다.

　그런 그가 오늘은 레이밴 선글라스를 쓴 키 큰 젊은이를 데리고 와서는 "얘가 이번에 내가 편집하는 작품의 감독이야. 한동안 같이 자주 올 거야"를 반복적으로 얘기하는 거다. 내가 평소에 자기 프로젝트에 관심을 가지고 질문을 많이 해서 그런 것 같기도 하고 또 함께 일하는 것이 자랑스러울 만한 감독이라 그런 것 같기도 해서 젊은이에게 종이를 내밀며 이름을 적어달라고 했다. 카페 손님 중 예술계에 종사하는 이에게는 이름을 적어달라고 해서 그 사람의 작품을 찾아보곤 하기 때문이다. 솔직히 말하면 관심이 없어도 사교 차원에서 이름을 묻기도 한다.

오늘도 그 두 가지 마음의 중간쯤에서 이름을 적어달라고 한 것인데 이 청년이 "네? 내 이름이요? 음…… 그…… 그러죠"라며 불편하고 난처한 표정으로 이름을 적어주는 것이다. '제길 괜히 물어봤네'라고 생각하며 혹시라도 나중에 다시 마주쳤을 때 찾아본 티를 내야 할 것 같아서 이름을 검색해보니 그 청년은 영화 〈아바타〉를 비롯, 각종 영화와 TV 시리즈에 출연한 배우였다. 주연작은 거의 없지만 긴 세월 동안 안정적인 조연으로 다작을 해온 배우가 나이가 들며 제작과 연출 쪽으로 눈을 돌리는 케이스인 것 같았다.

어쩐지 스스로에 대해 과도하게 의식하는 태도였는데, 돌이켜보니 그건 배우의 태도였다(배우는 곧 죽어도 배우라고 하잖아). 분명 사인을 해달라고 종이를 내미는 사람은 많아도, "네가 뭐 하는 사람인지 알아보게 이름 좀 적어봐" 하는 사람은 많지 않았을 것이다. 기분이 상하지 않았어야 할 텐데…… 그나저나 이 청년은 알려진 배우가 아니라 그렇다 쳐도 사람 얼굴에 어두운 나라면 스티브 부세미나 이냐리투, 웨스 앤더슨이 들어와도 종이에 이름을 적으라고 할 것 같다.

○●

이 동네 손님들의 특징 중 하나는 가격을 확인하지 않고 주문하는 것이다. 그래서 무방비하게 '아몬드 우유로 만든(+1달러) 디카페인(+0.5달러) 아이스(+1달러) 모카(+1달러) 라테(3.5달러)'쯤을 시켰다가 가격을 듣고 화들짝 놀란 나머지 분

통을 터뜨리며 공격적인 태세를 취하는 이들이 종종 있다(카페의 모든 메뉴는 가격대가 높은 편이다).

오늘 '디카페인 아이스 에스프레소'를 시킨 아주머니 한 분도 비슷한 케이스인데 "디카페인 비용이 얼마인데? 에스프레소는 원래 얼마죠? 그럼 얼음 위에 부어줬다는 이유 하나로 얼마가 추가되었다는 얘긴데 너무한 거 아네요?"라며 화를 냈다. 다른 바리스타였다면 그러거나 말거나 상대 안 했겠지만 손님이 왕인 나라에서 온 데다 천성적으로 노예이자 갈등 포비아이자 소심한 나는 "죄송합니다"라며 최대한 미안하고 안타까운 얼굴을 해 보였다. 그러곤 돌아서서 '내가 주인도 아니고, 가격 결정권도 없는 나한테 왜……'와 '그래도 손님 입장에서는 내가 업장을 대표하는 얼굴이니까 나에게 호소하는 게 맞겠지' 사이에서 왔다 갔다 하며 슬쩍 속상해하고 있었다.

그런데 한 시간쯤 후 그 아주머니가 다시 오시더니 "저기…… 내가 아까 너무 호되게 말해서 미안해요. 가격이 너무 비싸서 놀라서 그랬어. 사실 아가씨가 가격 결정하는 사람도 아닐 텐데…… 미안"이라고 한참을 사과하는 거다. 미안한 마음이 뒤늦게 들었더라도 그냥 모른 척 나가버릴 수도 있었을 텐데 아주머니가 용기를 내서 한마디 해준 덕분에 오후를 망칠 수 있었던 속상한 순간이 고맙고 따스한 순간으로 변했다.

○●○

매일 저녁 해가 질 무렵에 와서 블루베리 바나나 머핀을 사서 들고 나가는 E는 말없고 부루퉁한 할아버지이다. 그는 하루도 빠짐없이 해가 질 무렵에 카페에 들러 블루베리 바나나 머핀 하나를 사서 들고 간다. 부루퉁한 얼굴로 들어와서 말없이 머핀을 가리키면 바리스타가 작은 유산지 봉투에 담아서 주는데 그러면 그는 "이걸 나더러 덜렁덜렁 들고 가라고?" 하며 역정을 낸다. 종이봉투를 꺼내 유산지 봉투에 담긴 머핀을 다시 담아주면 만족한 듯 "크흠" 하고는 봉투를 들고 나간다.

그러다 며칠 전에 흔치 않게 "하우 아 유?"라고 안부를 물었더니 "나도 내가 어떤지 몰라. 위스키라도 한잔하고 나면 그때 내가 어떤지 알겠지"라고 친근하게 대답하는 거다. 그렇게 술에 대한 대화가 이어지다가 할아버지가 "혹시 자네 사케 마시나? 선물 받은 게 있는데 내가 사케를 안 먹어서 2년 동안 찬장에 있어"라며 카페를 나서더니 두어 시간 후에 "집에 들를 일이 있어서 가지고 나왔어"라며 선물 포장된 사케 병을 주고 가는 거다. 내가 돈을 내겠다고 해도 한사코 사양하시기에 다음에 오시면 머핀을 사드려야겠다고 생각하고 있었다.

마침 오늘 할아버지가 다시 들어왔고 평소보다 다섯 배쯤 반갑게 인사하며 머핀은 내가 사드리겠다고 말했다. 훈훈한 장면이 연출될 것을 예상했는데 할아버지는 뚱한 표정으로 머핀을 받아들 뿐 고맙다는 말도 없었다. 그래서 분위기를 무마한다고 "친구분 말씀으론 예술가시라면서요. 어떤 작업 하시나요?"라고 물었더니 회화를 하는 사람이고 다음 달에 전시가 있다고 한다. 그래서 "어머나! 그럼 이름 좀 적어주세요! 작품 찾아볼게요"라고 하며 종이를 내밀었는데(아까 말했던 그 영화배우처럼) 내 말을 알아듣지 못하고 "종이는 왜 내밀어? 원하는 게 뭔데?"라며 수상쩍은 얼굴로 되묻는 것 아닌가. 나는 '또 괜히 이름 물어봤네'라고 후회하며 "작품 찾아보게요"라고 했더니 그제야 순순히 이름을 적어주었다. 사케 한 병에 너무 큰 의미를 둔 나머지 오버해서 친근함을 표시한 게 부루퉁 할아버지 방식이 아니었나 보다.

상식의 연약함

카페에서 일하면서 사람에 대해 발견한 '별거 아니지만 놀라운 사실'이 있다. 물건을 쓰고 나서 원래 있던 자리에 돌려놓는 사람이 반도 안 된다는 것이다. 스스로가 평균보다는 약간 높은 정리벽을 지닌 사람이라는 것은 알고 있지만 그래도 이건 상상 이상이다.

커피를 받은 사람이 자신의 입맛에 맞게 우유와 설탕을 넣을 수 있는 공간인 컨디먼트 바에는 병에 든 황설탕, 백설탕, 일회용 컵의 뚜껑, 커피를 젓는 스틱, 빨대, 물병, 물컵, 황설탕 시럽과 백설탕 시럽, 종이 냅킨, 개별 포장된 4종의 감미료, 4종의 우유가 배치되어 있다. 나 같은 사람은 종이컵을 조심스레 들고 가서 설탕 봉지를 뜯어 탁상에 흘리지 않게 컵 안에 살살 부어넣은 다음 커피가 넘치지 않게 조심조심 젓고 우유를 쪼로록 흘려 넣을 것이다. 그 과정에서 설탕이나 우유를 쏟았다면 종이 냅킨을 집어 닦은 후 쓰레기통에 집어넣을 것이다.

지금껏 대부분의 사람들이 나와 같은 과정을 거치는 줄 알았다. 그런데 실제로 컨디먼트 바는 두세 명이 거쳐 갈 때마다 배치가 흐트러지고 설탕이 흩날리고 커피나 우유가 흘러 있다. 여름 내내 카페의 컨디먼트 바 주변으로 초파리가 기승을 부려서 바를 청결하게 유지해야 했던지라 그때마다 투덜거리면서 청소를 했다. 그러다가 어느덧 '물건을 쓰고 제자리에 놓는 성질이 인간의 기본 본성은 아니구나!'라는 당연하고도 간단한, 그러나 내게는 커다란 깨달음을 얻게 되었다.

그것은 마치 세상 모든 컴퓨터에는 윈도우가 깔려 있는 줄 알았는데 어느 날 보니 주변에 iOS를 쓰는 사람이 압도적으로 많은 걸 발견했을 때의 느낌이랄까? 자연스럽게 우유에 밥을 말아 먹으며 살아왔는데 어느 날 친구가 "나 어제 충격적인 거 들었는데, 우유에 밥 말아먹는 사람도 있나 봐"라고 했을 때의 느낌이랄까? 혀가 U자 모양으로 접히는 사람을 보면 서커스 단원이라도 보듯 신기해하며 놀렸는데 중학교 수업 시간에 우리 반에서 혀가 안 말리는 사람이 나 포함해서 다섯 명도 안 되는 걸 알게 되었을 때의 느낌이랄까?

세상이 돌아가는 무언의 규칙, 즉 상식을 열심히 쌓고 있는 동안 다른 한쪽에선 그간 쌓아온 상식을 가차 없이 부수며 사는 것이 어른의 삶인가 보다. 덧붙이자면, 상식을 깨기에 가장 좋은 기회는 먼 곳으로의 여행과 연애가 아닐까 싶다. 그러나 뭐니 뭐니 해도 상식 폭격, 상식 학살의 최고봉은 결혼이다. 나와 내 가족이 당연하다고 믿고 살아온 그 많은 것들이 '우리 집 특수'였다는 것을 깨닫게 되는 짜릿한 경험을 할 수 있다.

삭발 언니와 파라디소

오전엔 카페 손님 중 한 명의 집에 다녀왔다. 예쁜 이목구비에 항상 시크하고 스타일리시한 옷을 입고 오며, (무엇보다도) 반짝 매끈하게 완전 삭발을 한 단골 여자 손님이 있는데 지난 금요일에 갑자기 "곧 친구와 함께 스킨케어 브랜드를 론칭할 예정인데 그 자금을 모으기 위해 크라우드 펀딩 웹사이트에 비디오를 올릴 예정이야. 거기에 출연해줄 수 있니?"라고 물어왔다. 커피를 주문하고 주문받은 커피를 내어주는 것 외에 개인적인 대화라고는 두어 번 옷을 칭찬한 것밖에 없는 사이라 2초쯤 망설임이 스쳤지만 재미있을 것 같아서 승낙을 했고 오늘 비디오 촬영을 했다.

화요일엔 점심부터 밤까지 일하기 때문에 촬영 시간은 이른 아침으로 잡혔다. 그런데 어제 하필 카페 소모품 배송이 온지라 밤늦게까지 무거운 박스를 나르고 정리하느라 완전히 지쳐버렸다. 자기 전에 알람을 맞추며 '괜히 수락했네. 내가 왜 그랬지?'라며 후회를 했지만 결과적으로는 다녀오길 잘했다는 생각이다. 다른 청년 창업자들이 어떻게 일하는지 보는 것도 재밌었고 화장품 세계의 이야기를 듣는 것도 흥미로웠다. 무엇보다 내 또래의 다른 이들이 어떤 집에서 어떻게 사는

지 훔쳐보는 맛도 있었다.

　내가 맡은 부분의 스토리는 '뭐가 뭔지 알 수도 없는, 너무 다양하고 복잡한 스킨케어 제품에 지친 일반인'으로, 거울 앞에서 스킨케어 제품을 바르는 여러 사람 중 한 명이 되는 것이다. 최종본에 들어가는 것이 비록 3초도 안 되는 분량이지만 짧고도 불꽃같은 연기 인생을 바쳐 열연을 펼칠 각오를 하고 갔는데 싱겁게 테이크 두 번 만에 오케이가 나버렸다. 오케이가 났다기보다는 워낙 비중 없는 분량이라 기대할 것 자체가 없어서 그냥 찍고 끝낸 것 같지만.

　아침의 촬영과 점심의 카페 일 사이 비는 시간을 이용해 파스타 아저씨네 가게에 처음으로 가보았다. 아저씨 표현에 따르면 "이 동네에서 가장 작은 가게"일 것이라는데 과연 손님이 세 명 정도만 서면 공간이 꽉 들어찰 정도로 아주 작은 대기 공간 앞에 주방과 카운터가 있고 그 안에 아저씨가 조수 한 명과 함께 파스타를 만들고 있었다. 그날그날 다른 파스타를 소량으로 만들어 파는데 오늘은 뇨끼의 날이라고. 언제 몇 명이 먹을 것이냐고 묻고는 적당한 양을 담아서 무게를 달아 가격을 부르는 방식이었다.

　파스타는 완성이 되었는데 아직 케이스가 도착하기 전이라 내가 카페에서 일하고 있으면 아저씨가 오후에 커피를 마시러 오면서 들고 오겠다고 했다. '비닐봉지에 담아주셔도 되는데'라고 말하려다 말았는데 그러길 잘했지. 두어 시간 후에 선물 상자처럼 생긴 종이 상자 안에 뇨끼들이 고급 초콜릿이라도 되는 양 아름답게 담겨왔다. 오늘 저녁에 뇨끼에 곁들여 먹으라며 2인분의 소스까지 선물로 끼워서.

'시실리 페스토'라는 생소한 페스토였는데 시실리산 선드라이드 토마토에 바질, 구운 아몬드, 파르미지아노 레지아노 등이 들어 있다고 했다. 그제밤에 (이제야 처음으로) 시실리를 배경으로 한 영화 〈시네마 천국〉을 본 것을 어찌 아시고.

아침 촬영이 끝나고 삭발 언니가 고맙다며 안겨준 와인에, 지중해 햇살이 깃든 페스토에 버무린 뇨끼 파스타로 호화로운 저녁을 먹을 수 있었다.

일 못하는 아이

일 잘하는 아이와 일 못하는 아이. 이 둘을 구분하는 것은 쉬운 일이 아니다. 각자 잘하는 분야와 못하는 분야가 있기 마련이어서, 어떤 아이는 커피를 기가 막히게 잘 만들지만 속도가 너무 느려서 함께 일하는 이들을 속 터지게 만든다. 커피를 잘 만들면서 속도까지 빠르고 정확하지만, 사회성에 문제가 있어서 동료와 손님을 불편하게 만드는 아이도 있고, 손님 응대와 커피 제조 양쪽 모두 잘하지만 깔끔하지 못해서 함께 일하는 바리스타가 졸졸 따라다니며 난장판을 수습해야 하는 아이도 있다. 마음만 먹으면 훌륭하게 일을 잘하지만, 이기적이거나 요령이 좋아서 잘리지 않을 정도로 최소한의 일만 하며 자신의 능력을 아껴놓는 아이도 있다. 게다가 그렇게 아껴놓은 에너지를 폭넓고도 다중적인 연애에 사용…… 아니, 거기까진 가지 말자.

이렇게 모든 바리스타에겐 강점과 약점이 있어서 분명하게 선을 그어 일 잘하는 아이와 못하는 아이를 구분하기는 쉽지 않다. 그럼에도 불구하고 모두가 입을 모아 칭찬하는 이가 있고 모두가 입을 모아 불평하는 이가 있다. D는 안타깝게도 후자에 속했다.

그날 나는 갓 채용된 D와 바쁜 토요일 오후의 세 시간을 함께 일해야 했다. 그리고 그 짧은 시간은 '아, 이렇게 일을 못 하는 것도 가능하구나!'라는 깨달음을 얻은 뜻깊은 시간이었다. 우선 내가 카운터에서 주문을 받아 종이컵에 주문받은 내용을 적어 에스프레소 머신 앞에 선 D쪽에 놓아주면 D는 종이컵에 적힌 세부사항에 따라 음료를 만들면 된다. 하지만 어쩐 일인지 D는 자꾸만 엉뚱한 음료를 만들어 바에 올리는 것이다. D가 완성된 음료를 호명할 때마다 손님이 와서 "저, 제가 시킨 건 아몬드라테가 아니라 두유라테였는데요"라고 하거나 "저는 카페라테가 아니라 차이라테를 시켰는데요" "이거 디카페인 맞죠?"라고 하면 D는 허둥지둥 사과하고 음료를 다시 만드는 것이다. 그 바람에 순서는 엉망이 되고, 안 그래도 밀린 주문은 더 밀리게 되었으며, 초조하고 짜증 난 얼굴로 바에 서서 자기 음료를 기다리는 손님도 쌓여가고 있었다.

안 되겠다 싶어 쩔쩔매는 D와 포지션을 바꿔, 그를 계산대에 보내고 내가 바에 섰더니 이번엔 손님의 주문을 잘못 받아서 엉뚱하게 전달하는 것이다. 그때마다 D나 손님과 재확인을 하다 하다 결국 D가 전달해주는 사항은 무시하고 손님이 주문하는 순간에 귀를 쫑긋 세우고 내가 직접 주문을 들어서 음료를 만들어야 했다. 뿐만 아니라 항시 커피 디스펜서에 꽉꽉 채워놓아야 하는 기본 커피를 깜빡하고 안 만들어서 커피가 동이 나기 일쑤였고, 커피를 만들다가 포트를 엎어서 마룻바닥과 카운터를 난장판으로 만들기도 했다. 만드는 데 조금이라도 시간이 걸리는 주문은 중간에 잊어버려서 손님을 무한정 기다리게 했고, 그때마다 내가 수습을 하며 한참 늦게 나온 음료나 베이글을 내밀며 손님에게 사과해야 했다.

　그런데 가장 곤란한 것은, 이렇게 일 못하는 D가 너무나 다정하고 착한 사람이라는 것이다. 이 정도로 실수를 반복하면 본인도 스스로에게 짜증이 나서 예민해질 법도 한데, D는 그러거나 말거나 태평했다. 자신이 실수를 했다는 사실조차 깨닫지 못할 때도 많고, 깨달았을 때는 서툴게나마 수습해보려 성심을 다했다. 그 사이사이 실수투성이의 자신을 내가 얼마나 친절하게 도와주는지 고마워하기를 잊지 않았고, 참을성이 바닥난 손님들이 굳은 얼굴로 자신을 노려봐도 아랑곳하지 않고 쾌활하게 주문을 받았다. 덕분에 그와 함께 일하는 시간이 두세 배로 힘들어도 '그래. 일 못하는 건 괜찮아. 이기적인 성격은 남이 고쳐줄 수 없지만, 일을 못하는 건 배우면 되는 거니까'라며 자신을 달랠 수 있었다.

　D가 저지른 장대한 피날레는 그날 밤 정산에서 드러났다. 계산대를 닫고 마감하면서 오차가 너무 크면 사장을 포함한 운영진에게 보고하고 그날 일한 바리스타를 단체 대화방에 소집해서 경위를 밝혀야 하는데, 그런 경우는 일 년에 몇 번 없다. 그런데 그날 밤, 나는 생전 처음 마주하는 엄청난 오차 앞에 할 말을 잃었다. 낮에 계산대 앞에서 정신 못 차리는 D를 보며 어느 정도 예상은 했지만, 그는 내 예상치를 가볍게 뛰어넘는 기록적인 오차를 남겼고, 그 오차의 크기와 개수

가 너무 커서 관련자를 소집해서 경위를 짜 맞추는 것조차 불가능했다. 결국, 내 선에서 가능한 만큼 오류를 찾아 표시하고 경위를 추적해서 보고하느라 평소보다 한참 늦은 시간에야 퇴근할 수 있었다.

그 후로, 내가 마감하는 날 오전에 D가 일했다는 이야기를 들을 때마다 '오늘 밤엔 오차로 파티를 벌이겠구나'라며 각오를 단단히 해야 했고, 예감은 틀린 적이 없었다. 카페의 다른 바리스타들과 대화 중에 D가 언급되면 하나같이 "걔 정말 괜찮은 녀석이지. 그런데 일은 더럽게 못해"라고 입을 모았다. 슬프게도 D의 업무 능력은 시간이 지나도 나아질 기미가 없었고, D가 일을 하는 날마다 남편은 내가 왜 늦도록 오지 않나 걱정하며 기다려야 했다.

나는 남의 밥줄이 걸린 문제에 끼기 싫어서 동료들에 대해선 말을 아끼는 편이다. 하지만 이렇게 계속해서 돈과 관련한 오차가 생기면 언젠간 큰 문제가 생길 수도 있고, 그 책임을 무고한 동료들이 나누어서 질 수도 있을 것 같았다. 고민 끝에 조심스레 사장 앞에서 D의 이름을 꺼냈는데 사장은 시원스레 내 말을 가로챘다.

"아, D? 걔 완전 꽝이잖아. 다른 애들이 같이 일할 때마다 돌겠다고 하던데?"

사장은 진즉에 알고 있었다. 내가 매일 밤 남겨두는 정산 리포트에 깨알같이 표시된 오차도 보았고, 그와 함께 일하는 아이들이 아우성을 치며 불평을 하기도 했고, 사장 본인도 오며 가며 그 아이가 일하는 것을 지켜봐왔던 것이다. 하지만 D 가 선한 아이라는 점에는 사장도 의견이 같아서, 그가 익숙해질 때까지 시간을 주자고, 모두가 힘을 합쳐서 이 아이를 일할 만한 재목으로 만들어보자는 쪽으로 이야기가 되었다. 그 뒤로 D는 조금 덜 바쁜 지점으로 배정받았는지 한동안 보이지 않았다. 출퇴근 기록을 찍는 웹페이지에는 그 아이의 이름이 계속 떴기 때문에 다른 지점에서 또 다른 동료들의 사랑과 불평을 한몸에 받으며 일하고 있겠거니 했다.

얼마 후, 혼을 빼놓을 정도로 더운 여름 오후에 메신저 한 명이 카페에 들어섰다. 메신저는 한국으로 치면 심부름 서비스나 퀵 서비스와 비슷한 일을 하는 이들로, 자전거를 타고 다니며 시내에서 물건을 전달하는 일을 한다. 일 자체는 단순하지만, 춥고 더운 날에도 맨몸으로 자전거 페달을 밟아 물건을 배달하는 일이라 워낙 힘들고 위험하기도 하거니와, 호출을 받아야만 일거리가 생기는 바람에 수입이 안정적이지도 않아서 고된 생계형 아르바이트에 속한다.

카페 앞 가로수 밑에는 나무 벤치가 하나 있는데 여름이면 메신저 일을 하는 청년들이 그 그늘 밑에 옹기종기 모여 앉곤 한다. 나무 그늘이라곤 해도 지독하게 습하고 더운 여름날엔 별 소용도 없을 텐데, 그 밑에서 쉬며 다음 호출을 기다리는 것이다. 겨우 몇 걸음 떨어진 카페에 들어서면 춥도록 시원하게 에어컨이 켜져 있고, 3달러만 내면 시원한 아이스 커피도 사 먹을 수 있을 텐데, 그들은 눈치를 보며 화장실 좀 써도 되냐고 물을 때를 제외하곤 카페에 들어서지 않는다. 그런 메신저 중 한 명이 카페에 들어서며 내게 인사를 건넨 것이다.

　　D였다. 커다란 메신저용 가방을 등에 메고 온몸에서 땀 냄새를 풍기며 들어온 D는 여기 앉아서 좀 쉬다 가면 안 되냐고 물었다.

　　"그걸 왜 물어. 너 여기 직원이잖아. 당연히 쉬어도 되지. 아이스 커피도 한 잔 줄까? 직원은 커피 공짜잖아. 그리고 지금 오후 네 시 넘어서 여기 이 도넛들 다 1달러야."

　　D는 믿을 수 없다는 듯이 기뻐하며 아몬드가 잔뜩 뿌려진 초콜릿 도넛을 하나 골라서 아이스 커피와 함께 받아 들고 테이블에 앉았다.

　　"나 앞으로 호출 기다릴 때 여기서 시간 때워야겠다. 공짜 커피에 1달러짜리 도넛이라니. 내 직장 진짜 최고다."

　　감격스럽게 커피를 마시고 도넛을 먹으며 D는, 카페에서 일하지 않는 시간에는 메신저 일을 한다고, 위험하고 힘들지만 건당 받는 돈이 높아서 한다고 말했다. 눈치를 보니 지금껏 메신저 일처럼 야외에서 몸으로 하는 일을 주로 해왔던 것 같았다.

　　수시로 메신저 가방을 메고 카페에 나타날 것 같았던 D는 그 후로 두어 번 더 와서 호출과 호출 사이의 시간을 때우다 가더니 더 이상 나타나지 않았다. 그리고 얼마 후 카페의 출퇴근 기록 페이지에서 그의 이름이 사라졌다. 잘렸다는 얘기도 있고, 본인이 그만두었다는 얘기도 있었지만, 어쨌든 만인의 사랑과 지탄을 동시에 받던 D는 그렇게 스쳐 지나가는 동료 중 한 명이 되었다.

그리고 D 덕분에 나는 카페 앞 가로수에 자전거를 기대 어놓고 한겨울엔 하얀 입김을 뿜으며, 한여름엔 비 오듯 땀을 흘리며 들어와서는 화장실 좀 써도 되냐고 묻는 메신저들을 조금 더 기꺼이 맞이하게 되었다.

2017

얌체 손님

'얌체 손님'이라는 표현을 써도 되는지 망설여지기는 하지만 상점에서 관습법을 지키지 않는 사람들, 무례하다고 표현하기엔 좀 애매한데 별로 바람직하지는 않은 행동을 하는 사람들이 있다. 대표적인 유형으로는 양해를 구하지 않고 화장실만 쓰고 나가는 이들, 외부 음식을 가지고 들어와서 먹는 이들, 혹은 아무것도 구매하지 않은 채로 자리에 앉아 노트북으로 인터넷만 사용하고 나가는 이들이 있다. 이들에게 어떤 태도를 취해야 하는지 사실 잘 모르겠다.

화장실 손님에게는 최대한 관대하려고 노력하는 편이다. 이 동네엔 우스갯소리로 '뉴욕의 인구 공급에 일조하는 동네'라고 할 정도로 젊은 부부와 아이들이 많아서 어린애들이나 임산부가 화장실을 사용하는 것에 대해선 고민 없이 지지한다. 그 외의 경우에도 대체로 오케이. 나 역시 화장실을 자주 가는 사람으로서 집 밖에서 화장실이 급한데 공중화장실을 찾을 수 없어 곤경에 처한 적이 있고 스타벅스나 호텔 로비 화장실을 이용한 적이 제법 있기 때문이다(그래도 몰래 들어왔다가 나가는 것이 불가능한 이 비좁은 카페 안에서 내가 마치 투명인간인 것처럼 모른 척 사용하고 나가기보단 양해를 구해주는 편이

좋긴 하다).

주문을 한 손님이 외부 음식을 가지고 와서 먹는 것도(내규에는 어긋나지만) 어지간해서는 눈감아주는 편이다. 한번은 몹시도 상냥하고 차림새가 남루한 할머니 한 분이 빵 하나를 사면서 따듯한 물 한 컵만 달라고 한 후 집에서 가져온 티백을 그 컵에 담궈 차를 만들어 마시는 것을 봤지만, 못 본 거로 치면 별일도 아니니까. 다만 냄새가 나는 음식에 대해서는 큰맘 먹고 제재를 가한 적이 있다. 베이글 외에는 따듯한 음식을 팔지 않는 카페에 강력한 코코넛 커리 냄새가 나길래 봤더니 한 청년이 테이크아웃 음식 서너 개를 펼쳐놓고 수프와 볶음밥 등을 먹고 있었다. 다가가서 조용히 이야기했더니 다행히도 곧바로 사과하면서 음식을 집어넣었다.

하지만 가장 고민이 되게 하는 이들은 카페에 들어와 앉아서 당당하게 무선인터넷 비밀번호를 물어보고는 아무것도 주문하지 않은 채로 인터넷만 사용하다가 나가는 이들이다. 일단 주문을 하기도 전에 무선인터넷 비밀번호를 묻는 이가 있으면 '이 사람이 과연 나중에라도 주문을 할까' '영수증에 출력해주겠다고 얘기하면 너무 야박하려나' 등의 고민을 하지만 늘상 그냥 말해주고 만다. 속으로만 '야 인마. 인터넷에 비번을 걸어놓은 데에는 이유가 있다고! 여긴 공공 서비스 건물이 아니라고!' 버럭 하면서도 정작 다가가서 제지한 적은 없다. 다만 가까이 가서 뭐라고 해야 하나 고민하면서 1분에 한 번씩 쳐다보기 공격을 하지만 먹힌 적은 한 번도 없다.

나의 고민은 이런 얌체족들이 카페 공간을 좀 사용한다고 해서 나에게 직접적으로 주는 피해는 없는 것에 반해 그것을 제지하다가 갈등이 발생할 경우 직접적인 피해가 생긴다는 것. 그렇지만 이런 행위를 자꾸 용납함으로써 내 의무를 다하지 않고 고용주와 다른 바리스타에게 폐를 끼치고 있는 것은 아닌지. 게다가 이들이 부당하게 자리를 차지함으로써 소중한 단골 고객이 자리가 없어 그대로 나가야 하는 것은 안타까운 일이 아닌가. 그런데 혹시나 이 사람이 사실은 주문을 하려고 마음먹고 있는데 내가 몰염치한 사람으로 취급한 것에 기분이 상하면 어쩌지? 아냐. 난 사실 그냥 성가신 갈등 상황이 두려워서 아무 행동도 하지 않을 핑계를 대고 있는 거잖아.

　　오늘도 한 손님이 다른 가게에서 산 아이스 커피를 들고 들어와서(휴지로 로고를 가리려 했지만 빨대 색상을 보면 이 카페 음료가 아닌 걸 안다고, 이 녀석아! 게다가 입구에 들어설 때 나랑 눈인사도 했잖아!), 노트북을 펼치고 앉아 큰 소리로 내게 무선인터넷 비밀번호를 묻고는 주문을 하지 않은 채 일을 하기 시작했다. 나는 위의 고뇌를 시작한 채로 30~40분가량을 괴로워하다 결국 화장실에 다녀오느라 내 앞을 지나는 그 사람에게 "주문 도와드릴까요?"라고 물었다. 손님은 잠깐 고민을 하다가 가장 저렴한 병 음료를 시키고는 그 후로 대여섯 시간을 더 앉아 있다가 갔다. 처음으로 목소리를 내서 상황을 해결한 것에 속이 후련하기보다는 별것도 아닌 일에 무안을 줬나, 혹시 단골손님이었으면 어쩌지 등의 고민 때문에 갈등은 계속되었다.

내가 좀 더 요령이 좋았다면 부드럽게 이야기할 수도 있었을 텐데라는 고민도 되고 동시에 이런 고민과 갈등은 내가 아니라 저 사람이 해야 하는 게 맞는데 난 왜 이리 바보처럼 쩔쩔 매나 싶기도 하고. 갈등 포비아 인간은 오늘도 쓸데없는 고민을 사서 하며 스스로를 괴롭힌다. 그 손님은 내가 이런 고민을 하며 말을 건넨 것을 알기나 할까.

슬리핑 뷰티

카페에는 잠자는 숲속의 미녀, 아니 잠자는 카페의 미녀가 살고 있다.

동네에 노숙자 구호 시설이 들어섰다는 소식이 들린 이후로 카페에 몇 명의 노숙자가 고정 출현하기 시작했다. 대개 화장실을 쓰거나 구걸을 하러 들어오는 이들이다. 화장실을 쓰는 이들은 바리스타의 허락을 구하고 쓰고 나가는 정중한 사람들이고, 구걸하는 이들도 조용히 말리면 아무 저항 없이 나가곤 했다. 제일 큰 문제라 봐야 정신이 온전치 못한 이가 문가에 넘어져 일어나지 못해서 구급요원이 출동한 것과 문 닫기 직전에 들어온 이가 카페 음악에 심취해 노래를 부르느라 나가지 않아서 어르고 달래 간신히 내보낸 것 정도이다.

그런데 어느 날부터 낯선 얼굴이 보이기 시작했다. 눈에 띄지 않게 은근슬쩍 들어와서는 구석진 자리의 테이블에 엎드려 줄창 잠을 자는 새로운 유형이었다. 그녀는 그렇게 두 시간이고 세 시간이고 두 팔에 얼굴을 묻고 자다가 출출해지면 일어나서 주변에 앉은 손님을 설득해서 자기가 주문하는 커피와 베이글값을 치르게 하여 끼니를 해결하고 사라진다. 그렇다. 그녀는 '구걸'이 아니라 '설득'을 하는 사람이다.

그녀가 설득하는 방식은 놀라울 정도이다. 일단 그녀는 다른 노숙자에 비해 행색이 멀끔하다. 냄새가 심하게 나지도 않고 정신도 비교적 온전해서 언뜻 봐서는 노숙자로 보이지도 않는다. 자세히 들여다봐야 그녀의 얼굴이 나이를 짐작할 수 없게 상해 있다는 것, 비쩍 마른 몸과 퀭한 눈이 약물중독자의 그것과 닮았다는 것이 보일락 말락 한 정도이다. 그런 그녀가 말을 걸면 대개의 손님은 그녀도 카페의 손님이라고 생각하고 자연스레 대화를 시작한다.

"어머, 그 가방 참 예쁘네요?"

"아, 네. 고맙습니다."

"어디서 났어요? 색이 너무 예쁘다!"

"근처 빈티지 가게에서 샀어요."

"그랬구나. 역시 봄에는 화사한 색이죠."

"하하. 맞아요. 오늘 날씨가 좋아서 딱 이거다 싶었죠."

"그렇구나. 잘했네. 그나저나 내 이름은 M이에요. 언니는?"

"전 ○○예요."

"만나서 반가워요."

"저도 반가워요."

"그런데 언니야, 내가 사실 노숙자인데 오늘 하루 종일 아무것도 못 먹었거든요. 배가 너무 고파서 그런데 나 빵 하나만 사주면 안 될까요?"

이쯤 되면 손님은 차마 거절할 수 없게 된다. 그러면 우리의 슬리핑 뷰티는 먹잇감을 입에 문 육식동물처럼 의기양양하게 손님을 카운터로 데리고 와서 먹고 싶은 베이글을 주문한다. 물론 그 주문에 은근슬쩍 커피까지 끼워 넣기를 잊지 않는다.

　그녀의 사냥법은 손님뿐만 아니라 바리스타까지 혼란에 빠트린다. 그녀가 카페에 잠입해서 아무것도 사지 않고 잠을 자면 그녀를 내보낼 명분이 있다. 이곳은 카페 손님을 위한 영업 공간이지 누구나 들어와서 사용하는 공공 공간이 아니기 때문이다. 그러나 그녀가 카페에서 뭐든 하나라도 구매하는 순간 손님이 된다. 손님이 된 그녀를 무슨 명분으로 쫓아낸단 말인가. 당신이 음식값으로 지불한 돈이 당신 자신의 것이 아니라고? 우리가 언제부터 손님이 지불하는 돈의 소유지를 추적했다고. 테이블에서 잠을 잔다고? 그럼 앞으로 카페 안에서 조는 모든 손님을 쫓아낼 것인가?

　이렇게 바리스타들이 딜레마에 빠져 이러지도 저러지도 못하는 사이에 그녀는 여유롭게 커피를 마시고 베이글을 먹고는, '손님'의 표식이자 자신의 방패막인 카페 종이컵을 테이블에 당당히 올려놓은 채로 다시 낮잠을 잔다. 결국 바리스타들은 그녀를 방치하는 편을 택했다. 딱히 명분이 없기도 하고, 다른 손님에게 너무 큰 피해를 주는 것도 아니어서 괜히 긁어 부스럼을 만들기 싫었던 것이다. 무엇보다 다른 손님들 앞에서 '곤궁한 이에게 야박하게 구는 매정한 사람'으로 보이는 것이 싫었을 것이다.

자신이 아무런 제지를 당하지 않는다는 것을 깨달은 슬리핑 뷰티는 점점 더 자주 출몰하기 시작했고 날이 춥거나 더운 날에는 거의 단골손님처럼 하루의 상당 부분을 자기 고정석에서 보냈다.

나는 그녀의 서식 습관과 사냥 방식을 몇 달간 말없이 지켜보았다. 그녀에게 직접 제재를 가하지 않았지만 내가 자신을 그리 달갑지 않은 눈으로 지켜보는 것을 그녀도 알고 있었는지, 그녀는 내가 일하는 날에는 그리 오래 머무르지 않았다. 대신 어느 어둑하고 인적이 드문 저녁에, 소모품을 들어 나르느라 길거리에 서 있는 내 귓가에 "개 같은 년!"이라고 내뱉고 빠르게 사라지는 것으로 나를 향한 마음을 표했다.

그녀가 주기적으로 나타났다가 사라지기를 반복하며 단골이 된 지 반년이 훌쩍 넘어가자 사장도 슬슬 직원들에게 그녀를 제재할 것을 독려하기 시작했다. 테이블이 열 개도 되지 않는 작은 공간에 손님이 아닌 이가 일 년 내내 한 자리를 차지하게 둘 수는 없었을뿐더러 언제까지고 카페의 손님을 상대로 영리 행위를 하게 둘 수도 없기 때문이다. 확실한 증거는 없지만, 그녀가 종종 카페 화장실에 30분씩 틀어박혀서 무얼 하는지도 알 수 없는 노릇이었다.

결국 바리스타들도 마지못해 그녀를 제재하기 시작했다. 잠을 자고 있으면 "저기요. 여기에서 주무시면 안 돼요"라고 얘기를 하고, 다른 손님을 설득해서 데리고 오면 "다음부터 이러시면 안 돼요"라고 주의를 주었다. 그녀는 그때마다 싹싹하게 "미안, 다시는 안 그럴게!"라고 말하곤 다음 날 똑같은 일을 반복했다. 어디에서나 버티는 쪽이 이기게 되어 있다. 슬리핑 뷰티와 바리스타들 사이의 시들한 줄다리기는 전자의 여유로운 승리로 끝났다. 바리스타들은 몇 번을 말해도 씨알도 안 먹히자 포기해버렸고, 그녀는 카페에서의 서식을 계속했다.

물론 개중에는 나처럼 포기하지 않는 자도 있었다. 자신의 잠과 사냥을 방해하는 나를 향해 그녀는 태도를 바꾸어 "자기야, 잘 있었어?" 하며 친근하게 굴기 시작했다. 자는 어깨를 흔들어 깨우면 시체놀이라도 하는 양 내 손길을 무시하고 뚝심 있게 버티기도 했다. 어느 한쪽도 포기하지 않는 팽팽한 줄다리기를 하며 우리는 〈달려라 하니〉의 하니와 나애리처럼, 〈유리가면〉의 마야와 아유미처럼 묘하게 가까워지고 있었다.

하루는 사냥감을 데리고 와 기본 커피와 베이글을 시키길래 그대로 줬더니 "내가 시킨 건 아이스 커피인데? 나 기본 커피 시킨 적 없어"라며 시침을 뚝 뗐다. '요것 봐라? 골탕을 먹이시겠다?' 이를 꽉 물고 아이스 커피를 건넨 후, 득의만면하여 카운터를 떠나려던 그녀의 손목을 와락 잡았다.

"......?"

"언니. 이름이 뭐예요?"

"나? 나…… J."

"내 이름은 미연이에요. J도 알죠? 이러면 안 된다는 거?"

"어? 어…… 알지."

그녀가 당황하며 얼결에 댄 자기 이름은 그간 사냥감들

에게 알려준 이름과 달랐다. 둘 중 어느 것이 진짜 이름인지는 모르겠지만 손목을 잡은 순간 내가 본 표정이 그녀의 맨얼굴이라는 느낌은 들었다. 그 짧고도 강렬한 순간을 뒤로하고 자리로 가서 베이글과 커피를 다 먹고 마신 그녀는 카운터 끝에 와서 할 말이 있다는 듯 나를 기다렸다.

"자기야. 내가 맨날 와서 낮잠 자고, 다른 손님에게 커피 사달라고 해서 미안해."

이번에 허가 찔린 것은 내 쪽이다.

"아, 아뇨. 괘…… 괜찮아요."

"나 사실, 오늘 정말 힘든 날이었거든. 그런데 여기 오면 마음이 편안해져. 너도 항상 이렇게 친절하게 대해주고, 여긴 늘 깨끗하고 따뜻하고, 그래서 위로가 되거든. 그래서 나도 모르게 자꾸 오게 돼. 그런데 나 때문에 네가 곤란했다면 정말 미안해."

그녀의 눈가가 젖어 들기 시작했다.

"나도 안 그러려고 하는데, 그래도 나 부끄러울 짓은 하지 않아. 너도 알잖아. 나, 돈을 훔치지도 않고, 누굴 때리지도 않아. 나 사실 나쁜 사람 아니야. 좋은 사람이라고."

"그럼, 알죠. 이해해요. 나야말로 맨날 나가라고 해서, 그럴 수밖에 없어서 나도 미안해요."

나는 그녀를 끌어안고 등을 쓰다듬었다. 오래 빨지 않은 옷의 쿰쿰한 냄새와 함께 찌든 담배 냄새가 났다. 한참을 그렇게 끌어안고 있다가 그녀는 젖은 눈가를 손으로 훔치고 활짝 웃으며 말했다.

"고마워, 자기야. 나 이만 갈게."

카페 동료들에게 이 이야기를 해줬더니 다들 "너, 그 여자한테 놀아났구나?"라며 냉소적이었다. 나 역시 '악어의 눈물에 속을 내가 아니지. 그 여자가 얼마나 영악한데'라고 생각하면서도 한편으로는 그래도, 그래도 그 안에 한 줄기 진심이 있지 않았을까 기대하고 말았다. 그 진심이 얼마나 가늘고 찰나적인 것일지 모르지만 말이다.

시간이 지나 날씨가 제법 싸늘해진 초겨울 날, 출근하며 보니 슬리핑 뷰티가 돌아와 있었다. 일찌감치 왔는지 이미 고정석에 엎드려 숙면에 빠져 있었다. 그럼 그렇지. 그녀가 충분히 잠을 잘 수 있도록 한참을 그냥 둔 후에 다가가서 어깨를 살살 두드리며 이름을 불렀다. 고개를 들고 잠이 덜 깬 눈을 끔벅이던 그녀는 다시 팔에 고개를 묻고 내리 두어 시간을 더 잤다. 자고 일어난 그녀는 지난번처럼 카운터에 다가와서 내게 말을 걸었다.

"자기야, 미안. 또 잠을 자서."

"괜찮아요. 그런데 나도 깨워야 하는 상황이라서, 이해해 줄 수 있죠?"

이젠 나도 여유롭게 웃으며 솔직하게 말할 수 있다. 슬리핑 뷰티도 이해한다는 듯 고개를 끄덕이곤 내게 좀 더 바싹 다가와서 말했다.

"그래서 말인데…… 나, 돈 좀 줄래?"

"……."

침묵 끝에 거절했더니 그녀는 대꾸 없이 휙 나가버렸다.

커피와 물

낮 1시경에 카페에 도착하면 새벽 5시 반에 카페 문을 열었던 오프너가 나를 맞이하여 이런저런 업데이트를 해주고 교대한다. 오늘은 오프너가 평소보다 한층 다양한 소식들을 준비했다가 내가 도착하자마자 와르르 쏟아냈다.

우선 에스프레소 머신 근처에 있던 낡은 전선 위에 우유를 쏟아서 합선이 있었다는 이야기. 그래서 이전보다 날렵하고 아름다운 새 전선을 사다가 설치했다는 심장 떨리고도 상큼한 이야기이다(합선이 소규모였기에 망정이지 누가 다치거나 전체 전기가 나갔으면 어쩔 뻔). 그리고 밤부터 아침까지 수도에서 흙탕물이 나왔다는 이야기. 유리잔에 물을 담아 찍은 사진을 보여주는데 과연 미숫가루가 연상되는 무시무시한 색상이었다. 이제는 물이 정상적으로 나오니 그것도 뭐 괜찮다. 마지막 소식은, 그렇게 나온 흙탕물이 기업용 아이스 머신 안을 흙탕물 얼음으로 가득 채워서 오후에 머신 전체를 비우고 내부를 청소해야 한다는 이야기(야, 이 자식아, 그게 가장 중요한 얘기였잖아. 그렇게 갑자기 생각났다는 듯 얘기하지 말라고!).

그래서 나의 오후는 얼음과의 댄스 댄스 댄스로 가득 차버렸다. 처음엔 머신 안에 뜨거운 물을 부어서 얼음을 녹여버리려고 했는데 생각보다 얼음의 양이 많고 뜨거운 물이 얼음을 녹이는 속도는 느렸다. 밖에서 보기엔 여행 가방 정도 크기였던 아이스 머신 안은 막상 그 안을 헤집기 시작하니 승용차 트렁크만 한 크기였다. 이 많은 양의 물과 물을 데우는 전기를 낭비하는 것도 싫은 일이어서 커다란 양동이에 얼음을 퍼 담아 밖으로 가지고 나가 도로 위 하수구에 버리기 시작했다. 다행히 대부분의 얼음은 하수구 밑으로 빠지고 조금 남은 얼음도 부슬부슬 내리는 봄비에 녹아 금세 없어졌다.

봄비가 조용히 내리는 평화로운 오후 카페 안엔 컴퓨터로 일을 하거나 책을 읽는 사람들이 고요를 즐기고 있는데, 난데없이 나타난 도깨비 같은 바리스타가 정적을 깨고 공간을 헤집고 다니며 그들의 오후를 방해했다. 크삭 콰창 쿠쟈쟝 콰칭 하며 얼음을 퍼 담고는 무거운 양동이를 든 채 쿵쾅거리며 문을 열고 나가서는 얼음을 버리고 땀과 비에 젖어 다시 빈 양동이를 들고 다다다다 걸어 들어오기를 수없이 반복했으니 말이다.

해야 하는 업무의 사이사이 손님이 뜸한 시간에만 이 일을 했더니 오후 3시에 시작한 일이 저녁 7시경에야 마무리되었다. 그간 커피에서 가장 중요한 것이 원두인 줄 알았는데 사실 커피의 90퍼센트 이상을 차지하는 것은 물이라는 사실을 온몸으로 체험했다. 그 물이 약간 흐려지는 것만으로 커피를 만들어 파는 일이 엄청나게 영향을 받는다는 사실도.

그렇게 물과의 싸움을 일단락하고 한숨을 돌리고 있는데 누군가 시청에서 나온 안내문을 들고 카페에 들어섰다. 이틀 후 수도관 공사로 인해 아침부터 저녁까지 단수 예정이라고. 오예!

드로잉 아저씨

W는 하루도 빼놓지 않고 카페가 문을 여는 6시 30분경에 첫 손님으로 들어와 똑같은 라지 사이즈의 라테와 반 갈라서 토스트 한 참깨 베이글을 시킨다. 그리고 늘 같은 테이블에 앉아서 작은 스케치북을 펼친 후 두어 개의 펜만 사용해서 그림을 그리기 시작한다. 성성한 백발에 환갑을 넘긴 나이로 짐작되지만 기골이 장대하고 눈빛이 날카로워 그리 나이 들어 보이지 않는다. 신중하고 고집이 세 보이는 인상이라 그의 그림에 관심이 가도 쉽게 말을 걸지 못했는데 매주 일요일마다 마주친 지 반년 만에 그와 대화를 하기 시작했다.

월스트리트 부근의 광고 회사에서 30여 년을 종사한 그는 젊은 시절 '그림을 그리고 싶은데 시간이 없다'는 생각을 매일 하다 어느 날 '이대로라면 평생 그림을 그리지 못한다'는 걸 깨닫고 굳은 결심을 했다고 한다. 매일 남들보다 한 시간 일찍 출근해서는 회사 옆의 카페에 앉아 한 시간 동안 그림을 그리기 시작한 것이다. 그렇게 매일 아침 그림을 그리다가 은퇴를 한 이후에는 여전히 같은 시간에 집을 나서 집 근처 카페인 이곳에서 계속해서 그림을 그리고 있었고 그렇게 하루도 빼놓지 않고 그림을 그린 지 이제 40여 년이 되어간다고 했다.

주로 심이 가는 컬러 펜을 사용해서 한 가지 또는 두서너 가지 색만으로 빽빽하게 그린 드로잉인데 에셔의 기하학적인 추상화를 떠올리게 한다. 그의 그림 자체도 흥미롭지만 무엇보다 긴 세월 동안 그의 그림들이 한 사람과 함께 성장하고 늙어가며 어떻게 변화했을지 상상만 해도 멋진 일이다. 전시한 적은 없냐고 물었더니 "그럼 또 이 그림을 포트폴리오로 만들어서 갤러리에 보여주고 해야 되잖아. 그럼 이게 다시 일이 되고 더 이상 즐기기만 할 수 없어지니까……"라고 대답했다. 하지만 그렇게 말을 하면서도 "혹시 내가 작가를 찾는 큐레이터나 갤러리를 만나면 보여주게 사진 찍어도 되냐"고 하자 "으음, 이 각도에서 찍어야 잘 나오는데, 다시 한 번 찍지?"라며 무척 신경을 썼다.

매일 아침 그 한 시간이 끝나면 그는 슬슬 잠에서 깰 아내를 위한 라테를 한 잔 사서 집으로 돌아간다.

긍정 가이와 병약 언니

아직 이름도 모르는 손님 한 명은 카페에 들어설 때마다 "어이, 안녕!" 하고 우렁차게 인사를 건넨다. 나는 그를 '긍정 가이'라고 부른다.

일상이라는 게 업 앤드 다운이 있기 마련이니 이 사람도 필시 기운 없고 울적한 순간이 있을 텐데도 불구하고 언제나 타이타닉 선두에 올라서 두 팔을 펼친 사람처럼 세상을 다 가진 듯 기운차고 행복한 얼굴로 카페에 들어선다. 평일 오후의 카페는 주로 혼자 와서 노트북으로 작업하는 사람으로 가득해 쥐 죽은 듯이 조용한 독서실 분위기가 되기 일쑤인데 한번은 그런 조용한 공간에 들어서며 "여어, 안녕! 잘 지냈어?" 하고 발성 좋게 인사를 해서 몇몇 손님을 소스라치게 놀라게 했다. 내가 그에게 "와, 지금 당신이 카페 손님 전체에게 인사한 거 알죠?"라며 농담했더니 "난 뭐 상관 안 해. 이렇게 좋은 날 즐겁게 인사한 게 뭐가 어때? 난 누가 뭐라고 해도 똑같이 인사할 거야"라며 기운차게 대답한 후 커피를 사서는 또 우렁차게 "안녕!" 하고 나갔다.

그리고 그런 그의 뒷모습을 경이와 호감의 눈빛으로 보는 또 다른 단골손님을 관찰할 수 있었다. 병약하고 약간은 신경질적으로 보이던 그녀는 컴퓨터에서 눈을 떼고 한참 그를 바라보았고 전에 없이 부드러운 얼굴로 날 보며 동의를 구하는 눈빛을 보냈다.

긍정 가이는 그 뒤로 한동안 안 보이다가 며칠 전 오랜만에 다시 나타났다. 감기에 걸렸다며 콧물을 줄줄 흘리고 있었지만 여전히 보기만 해도 저절로 기운이 날 것 같은 싱싱한 기운을 두르고 있었다. 극단적으로 다른 두 사람을 카운터 너머로 바라보면서 긍정 가이가 병약 언니의 삶에 사이다가 되어주었으면 하는 뜬금없고 앞서간 바람이 남몰래 들었다.

드로잉 언니

드로잉 아저씨의 대항마로 드로잉 언니 출현! 언제부턴가 앳된 얼굴의 여자가 낡은 패딩 점퍼를 껴입고 앉아서 온종일 그림을 그려대기 시작했다. 극도로 수줍음을 타는지 주문할 때 불안한 눈동자가 내 눈길을 피해 온 사방을 헤매는 데다가 노숙자들의 전유 패션인 엄청 껴입기 차림새라 그냥 예술적 취미가 있는 노숙자 내지는 가출 청소년이라고 생각하고 있었다.

테이블에는 항상 캔슨Canson에서 나온 두툼한 스케치북과 검은색 펜 몇 자루가 놓여 있었다. 평소 그림 그리는 것에 취미가 있어 말을 걸었더니 예의 흥분한 꿀벌처럼 날아다니는 눈빛으로 자신의 인스타그램 계정을 알려줬다. 알고 보니 그녀는 《뉴요커》에 삽화를 그리고 자기 책도 출판한 유명 일러스트레이터 아닌가. 마침 그녀는 우리가 첫 대화를 한 그날 카페 평면도를 SNS에 막 올린 참이었는데 그림 속에서 나는 '바리스타'라는 설명이 달린 '까만 점'으로 출연했다. 신나고 자랑스러워라!

민들레 홀씨

썰물이 물러나듯 바리스타들이 그만두고 그 자리에 새 바리스타들이 밀물처럼 밀려와서 이런저런 흔적을 남기고 다시 썰물이 되어 빠져나가고 하는 사이에 어느덧 나는 이 카페의 최장 근속 바리스타 중 한 명이 되어버렸다.

초기에는 단골들과 친근하게 잡담을 주고받는 다른 바리스타들을 보며 '미국 아이들은 어쩜 이렇게 사교성도 좋고 순발력 좋게 할 말을 생각해내는 것일까. 나도 언젠가는 저들과 편하게 대화를 주고받는 날이 올까' 싶었는데 어느덧 카페 단골들 대부분과 안면을 트고 제법 편하게 대화하는 사이가 되었다. 내가 워낙 고정적으로 장시간 카페를 지키다 보니 "혹시 이 안에서 사세요?"라고 묻는 사람이 생기기 시작하고, 동네를 걷다 보면 카페에서 알게 된 손님 두서넛은 꼭 마주치고, 카페 손님들이 일하는 식당이나 바 등이 내 동선 여기저기에 산재해 있는 단계에 이르렀다. 워낙 드나듦이 많은 도시이고 드나듦이 많은 카페다 보니 겨우 몇 년만 같은 자리를 지켜도 터줏대감 같은 존재가 되어버린다.

나는 '클로저' 역할을 맡고 있어서 점심 즈음부터 밤까지 카페를 혼자 지키다가 밤에 문을 닫고 나서 청소와 다음 날 오프닝 준비 및 정산까지 마치고 문을 잠그고 떠난다. 카페 영업은 오후 8시까지인데 이후에도 해야 할 일이 자질구레하게 많아 적게는 한 시간에서 많게는 두 시간까지 소요되는 클로징 작업을 하고 나면 어느덧 밤 9~10시가 되곤 한다.

하루 종일 낯설거나 친근한 사람을 수백 명 상대하다 찾아오는 고요한 혼자만의 시간을 나는 꽤 좋아한다. 영업 종료와 함께 매장 내 플레이 리스트를 끄고 나만의 남부끄러운 플레이 리스트(너무 힘들어서 부스터가 필요할 때는 아바, 울적하거나 반대로 기운이 넘칠 때는 한국 아이돌 음악)를 켜는 것으로 이 시간을 시작한다.

음악을 틀어놓고 무아지경으로 청소를 하다 보면 창밖에서 '똑똑똑' 소리가 날 때가 있다. 지나가던 단골손님이 유리창을 두드리며 손을 흔들어 인사하는 것이다. 그러면 나는 하던 일을 멈추고 몸을 일으켜 보라색 고무장갑을 낀 내 오른손을 한껏 치켜올려 흔들어 화답하고는 다시 열심히 청소를 한다.

혼자만의 세계가 일시정지하고 다정한 얼굴의 타인이 빼꼼 고개를 내밀었다 지나가는 그 순간이 나는 그렇게 좋을 수가 없다. 이 이방인의 도시에 민들레 홀씨처럼 날아들어온 존재에게 아주 잠시라도 작게나마 자리가 생긴 것 같은 기분이 드는 것이다.

내장과 글쓰기

너무 오랫동안 쓰지 않아 이대로 가다간 배설을 못 한 머릿속의 대장이 생각의 숙변으로 가득 차다 못해 화석이 되어버리는 게 아닌가 싶어 뭐라도 짧게 적으려고 일기장에 잠시 들어왔다. 의미 없는 말이라도 머릿속으로 생각만 하는 것과 활자화시켜서 꺼내놓는 것에는 엄청난 차이가 있다는 것을 알면서도 바쁘고 너무 피곤해서 미루기만 했는데, 이것은 내 육체와 정신에게 할 짓이 아닌 것 같다. 정신이 건강치 못하면 육체도 함께 병들고 육체가 지치면 정신도 함께 지치니까.

함께 일하는 바리스타 중에 생물학을 공부하는 친구가 있는데 사람의 정신이 내장 상태와 얼마나 밀접하게 연결되어 있는지 얘기해주면서 "너라는 존재는 전적으로 소화기관에 달린 거야 You are actually all about your gut"라고 말했는데 깊이 동감했다. 장기가 조금만 불편해도 예민해지고 일상이 힘들다 못해 우울해지기까지 하니까.

그런 면에서 내가 쓰는 일기는 머릿속 장 건강을 위해 마시는 요구르트 같은 것일지도 모르겠다. 음식도, 생각도, 원활하게 순환시켜 배출하는 것이 중요하니까.

아티스트 할아버지

일을 하다 보면 많은 단골손님들이 나타났다 사라지기를 반복한다. 하루도 빠지지 않고 같은 시간에 와서 늘 같은 음료를 주문하는 이들은 내 카페 일상을 구성하는 주춧돌처럼 확고하고 단단하게 존재하다가 어느 날 정신을 차리고 보면 사라져 있다. 그들이 사라지는 이유에는 여러 가지가 있다. 생활 패턴이 바뀌었거나 다른 단골집을 찾았거나 집에서 커피를 만들어 먹기 시작했거나 경제적, 건강상의 이유로 커피를 끊었거나 등이다. 그러나 핵심 단골들이 사라지는 가장 잦은 이유는 이사다.

뉴욕 전체가 그러하듯 이 동네의 집값 상승도 예외가 아니어서 월세를 내고 사는 이들은 오르는 집세를 감당하지 못하고 다른 동네로 이사를 간다. 집이 없는 젊은 부부가 자가를 마련하고자 할 때는 자신들의 적은 예산으로 집을 살 수 있는 교외로 가게 된다. 자가로 집을 가지고 있는 이들도 아이가 생기면 교육기관을 비롯한 전반적인 뉴욕의 물가를 감당하며 도심에 사는 것에 회의를 느끼곤 집을 넓혀서 외곽으로 나간다. 집값이 문제가 되지 않더라도 부동산 붐을 타고 여기저기에서 건물을 새로 짓고 리노베이션을 하는 통에 공사 소음에 지친 이들이 좀 더 조용한 동네로 이사를 가기도 한다.

　그렇게 많은 이들이 밀려 나가고 새로 밀려 들어오는 것이 도시의 자연스러운 생리인데 미련이 많은 나는 밀려 나가는 이들을 안타까워하고 그리워한다. 이번 주에 내 삶에서 떨어져 나간 이 중 하루도 빠짐없이 카페에 들러 블루베리 바나나 머핀을 사 가는 아티스트 할아버지가 있다.

　말없이 머핀과 돈을 주고받던 첫 몇 개월을 지나 그가 내게 사케 한 병을 주고, 나는 그의 전시회 오프닝에 다녀온 이후로 우리는 슬슬 대화하기 시작했다. 물론 그는 나의 한국어 억양을 잘 알아듣지 못하고, 나는 그의 히브리어 억양을 알아듣지 못해서 우리의 대화는(하루키의 표현을 빌리자면) 강풍이 부는 날 강의 양쪽 편에 서서 대화하는 양 힘겹기 짝이 없었다.

　그럼에도 불구하고 바람과 물소리를 뚫고 나눈 대화에 따르면, 그는 70년대인가 80년대에 그림 도구를 싸 들고 이스라엘에서 미국으로 온 유대인 이민자로, 키스 해링과 바스키아가 살아 있던 시절에 위험하고 지저분하던 소호를 함께 경험했고, 그곳에서 슬슬 자기 작품을 전시하기 시작했으며, 한때 부유한 사람들이 소더비나 크리스티 같은 경매에서 예술작품 사는 걸 도와주는 일을 했다고 한다. 본인은 펜화나 수채화를 중심으로 한 소품을 주로 그리고, 지금은 맨해튼의 어퍼이스트사이드에서 자주 전시를 여는 것 같았다.

　그의 일상은 단순하다. 아침 일찍 일어나 오전 중에 그림을 그리고 내가 일하는 카페에 와서 머핀을 사서 집에 가 먹는다. 오후엔 더우나 추우나 관계없이 동네를 걸으며 세상을 관찰하고, 친구가 하는 기념품 가게에 가서 함께 시간을 보내다가 저녁이면 델리에서 1달러짜리 커피를 사서 한 잔 마시고는 다시 내가 일하는 카페에 와서 「뉴욕 타임스」의 예술 면을 읽으며 잡담을 하고 집에 간다.

그가 가장 자주 하는 말은 "이 멍청한 나라 같으니라고 This stupid country!"와 "정신 나간 놈들Fucking crazy!"이다. 바리스타가 깜박하고 머핀을 종이봉투에 담아주지 않거나, 그날따라 그가 오기 전 블루베리 바나나 머핀이 다 팔려서 없거나, 머핀의 블루베리가 바닥에 가라앉아 머핀 아랫부분이 축축하거나, 블루베리 바나나 머핀이라고 받아 왔는데 집에 와서 열어보니 호박 당근 머핀이거나 하면 그는 이 모든 것이 카페 사장이 구두쇠에 나쁜 놈이라 그렇다며 역정을 낸다.

카페가 노트북을 들여다보고 있는 사람들로 가득 찬 것도 꼴 보기 싫어하며 "옛날엔 사람들이 카페에서 대화를 했는데 요즘은 다들 멍청하게 저것만 들여다보고 앉았다"며 불평한다. 자기가 보기엔 과대평가된 예술 작품이 천문학적인 금액에 팔렸다는 기사를 보면 "돈 많은 사람들은 다 정신 나간 놈들이야"라며 고개를 절레절레 젓고, 트럼프가 당선된 날에는 "이 멍청한 나라에선 돼지를 백악관에 들여보내네"라고 하며 백악관 위를 날고 있는 돼지 그림을 그려서 복사본을 건네주었다.

그런 그의 투덜거림이 생각보다 거슬리지 않는 이유는 그가 일종의 어리광을 부리고 있다는 것을 알기 때문이다. 도끼눈을 뜨고 험한 말을 내뱉고 나면 그는 내 눈을 들여다보며 동의해주기를, 혹은 반대해주기를 기다린다. 내가 동의도 반대도 하지 않으면서 빙글빙글 웃기만 하면 그는 같은 말을 한 번 더 반복하고서는 손을 흔들어 인사하고 총총총 걸어 나간다. 개를 좋아해서 플로리다에 사는 자기 딸의 개를 여러 장 그려 가지고 있는데 휴대폰으로 그 그림들을 보여주기도 하고, 어딘가에서 구한 'LOST DOG'라고 쓰여 있는 배지를 가슴에 달고 들어와선 바리스타들이 알아봐주기를 기다리다 누군가 한마디 하면 반색하며 "내가 바로 길 잃은 개거든"이라며 장난스러운 미소를 짓는다.

삶에 대한 회의로 가득했던 어느 우울한 날에 내 초상화가 담긴 봉투를 말없이 선물하고 가기도 하고, 내가 흔치 않게 어두운 얼굴로 머핀을 건네며 "오늘은 낙관이 바닥난 날이에요"라고 말했을 때엔 "비관주의자란 경험을 충분히 쌓은 낙관주의자라는 말이 있어"라고 말하고는 재롱부리는 강아지 그림을 문자로 보내주기도 했다.

그렇게 확고하게 나의 바리스타 라이프 첫날부터 함께한 그도 결국 이 동네를 떠나게 되었다. 살던 집의 계약이 만기되었는데 마침 좀 떨어진 동네에 아들이 소유한 집이 비게 되어 그 집에 들어가서 살게 되었다는 것이다. 7월의 불볕더위에 조금씩 짐을 싸며 이사를 준비하던 그는 지난 금요일에 예의 부루퉁한 표정으로 카페에 들어서선 내게 흰 봉투를 건넸다. 그 안엔 카페 카운터에서 머핀을 들고 「뉴욕 타임스」 예술 면을 읽고 있는 자신과 그것을 지켜보고 있는 내가 펜과 수채물감으로 그려져 있었고 한쪽에는 "그동안 친절하게 대해줘서 고마워"라고 쓰여 있었다. 다음 날 나는 카페 사장에게 부탁해서 선주문한 블루베리 바나나 머핀 여섯 개를 그에게 건네며 "랩으로 잘 싸서 냉동했다가 하나씩 해동해서 드세요"라고 마지막 인사를 했다. 그렇게 아티스트 할아버지가 떠나고 나는 내 바리스타 라이프의 한 챕터가 끝났다는 느낌을 지울 수가 없었다.

N.Y JULY 28.17

혼자만의 시간

나만의 독단적이고 편협하며 섣부른 분류법에 따르면, 단골손님들에게는 시간대별 패턴이 있다. 예를 들어 매일 오후 3시는 유럽 출신의 자영업자 아저씨들이 에스프레소를 마시러 오는 시간. 점심 러시와 저녁 러시 사이에 싱글 에스프레소를 마시러 오는 이탈리아 출신 파스타 아저씨가 있고, 종일 집 안에서 사진 편집 작업을 하다가 바깥 공기도 쐴 겸 담배도 한 대 피울 겸 나와서 더블 에스프레소를 한 잔 하고 가는 프랑스 출신 사진작가 아저씨가 있다. 주말 오전이나 평일의 이른 오후에는 운동복 차림으로 와서 저지방(중요!) 라테나 카푸치노를 시키는 러너들이 있다. 야간에 일하는 바텐더 언니가 운동 전에 커피 한 잔으로 심장을 덥히거나 프리랜서 작가가 한낮의 운동 후 마무리로 따스한 커피를 한 잔 하기도 한다.

오후 4시는 어린이집이 끝나는 시간이므로 이들을 픽업하는 엄마 아빠, 또는 베이비시터나 내니Nanny들이 유모차를 끌고 들어와 아이들에게 쿠키나 머핀을 사주는 시간이다. 이제 막 남동생이 생긴 어린 여자아이가 엄마 손을 붙잡고 들어와 눈을 휘둥그레 뜨고는 오늘은 무슨 쿠키를 고를지 행복한 고민을 하거나 나이대 지긋한 내니가 자신의 라테와 아이의 핫초코를 시키고 앉아서 두 번째로 픽업할 아이의 하교 시간을 기다린다.

그리고 퇴근 시간인 오후 5시가 넘어가면 한 손에 책을 든 그들이 몰려든다. 직장인 차림새의 그들은 근무가 끝나고 집에 들어가기 전 하루의 마무리로 커피나 차를 마시며 조용히 책을 읽는다. 그들은 늘 마시는 음료를 시키고는 자리에 앉아 종이책을 사락사락 넘기며 자기만의 의식을 치른다. 그들이 읽는 책은 소설일 때도 있고 에세이일 때도, 역사서나 물리학 서적일 때도 있다. 그들이 혼자만의 신성한 시간을 보내며 하루치 전쟁의 흔적을 씻어내는 동안 창밖은 초저녁에서 완연한 밤으로 넘어가버리고 어두워질수록 실내의 불빛은 점차 존재감을 넓혀간다. 그러면 나는 신전을 소제하는 무녀처럼, 배경음악을 재즈나 블루스로 바꾸고 카페 구석구석을 닦고 비우고 다시 채우며 하루를 마무리하기 시작한다. 모두가 낮의 흔적을 지우는 동안 밤은 어김없이 내려앉는다.

커피믹스

일전에 긴 휴가를 내고 여행을 다녀오면서 일정을 빼준 사장에게 고마운 마음으로 작은 선물을 할 일이 있었다. 사소하지만 한국적인 걸 주고 싶은데 그는 미국에서 자란 전형적인 서구인으로 아시아 문화를 접한 적이 별로 없어 조심스러웠다. 언젠가 카페 동료에게 집에서 직접 만든 김치만두를 줬는데 반응이 좋지 않았던 적도 있고, 또 다른 동료는 일본에서 온 누군가에게서 멸치가 들어 있는 과자를 선물로 받았는데 봉지를 뜯어 냄새를 맡는 순간 토할 것 같아 전부 버렸다는 얘기를 했었다. 사장 역시 김치나 김 같은 것은 먹어본 적이 없는 것 같았다. 언젠가 내가 녹차맛 캐러멜을 권했을 때에도 강하게 저항을 했더랬다.

그래서 선택한 것이 커피믹스. 미국에도 물에 녹여 먹는 인스턴트 커피가 있기는 하지만 소비하는 이들은 지극히 적다. 전쟁이라도 나서 커피를 내리는 사치가 불가능해지지 않는 이상 젊은 세대 중에는 가루 커피를 평생 한 번도 먹어볼 일 없는 이들이 많을 것이다. 게다가 한국의 프리마처럼 고형 크림을 쓰는 경우는 정말 흔치 않다. 인스턴트 커피와 설탕, 프림을 황금비율로 섞어서 포장한 '커피믹스'는 한국의 발명

품이라고 들었다. 나름 뉴욕의 커피 시장에 새로운 바람을 가져오고 싶어 하는 야심만만한 카페 사장이라면 다른 나라의 커피 문화를 경험하는 걸 흥미로워할 것 같았다. 커피믹스라면 한국인의 뼛속까지 깊숙하게 스며든 독특한 커피 문화를 대변하니까. 무엇보다 고소하고 달달한 그 맛은 국적 불문하고 거부감 없이 받아들일 수 있을 테니까.

그렇게 가벼운 마음으로 스무 개들이 커피믹스 한 상자를 그에게 주며 반신반의했다. 그가 과연 시도해보기는 할지. 그냥 예의상 받아둔 다음 어딘가에 처박아둔 후 잊어버릴 수도 있겠지. 아니면 한 번쯤 시도해보고 "흠, 재밌네" 하고 말지(미국 사람들은 낯선 음식을 먹고 좋진 않았지만 예의를 갖춰야 할 때 '흠, 재밌네interesting'라는 멘트를 하는 편이다).

그렇게 커피를 주고 2주쯤 지나 잊어버리고 있을 즈음 사장으로부터 문자가 왔다.

"네가 준 커피 진짜 넘 최고야. 여친이랑 하루에 네댓 잔씩 마시고 있어. 아마존에서 백 개짜리 한 상자를 주문해서 먹고 있는 중이야."

문자에는 김이 모락모락 나는 믹스커피가 담긴 사진 한 장이 따라왔다.

그렇게 나는 그를 치명적인 중독의 세계에 던져 넣어버렸다. 반년이 지난 지금까지도 그는 몇 주에 한 번씩 커피믹스를 박스로 주문해서 먹어야 하는 몸이 되었다.

오래전에 회사 탕비실에서 믹스커피를 타 먹으며 누군가

우스갯소리로 한 말이 있다. 커피 중독의 첫 단계가 믹스커피, 그다음은 설탕 프림을 뺀 블랙커피, 그다음은 원두커피, 그다음은 에스프레소, 가장 마지막이 커피믹스 두 개를 한 번에 타 먹는 것이라고. 어쩌면 힙 터지는 커피 문화의 중심인 브루클린의 스웨덴식 에스프레소 바를 일곱 개나 소유한 카페 사장이 커피믹스 중독자가 된 것은 그런 면에서 맞는 수순인 듯 보인다.

덧붙이자면 한국의 메밀차를 좋아해서 가끔 한인 마트에서 대신 사다 드렸던 이웃 가게 할아버지에게도 보너스로 커피믹스 한 상자를 끼워드렸더니 그 역시 지난 몇 년간 마셔온 메밀차 대신 커피믹스를 주기적으로 부탁하기 시작했다. 한국 커피믹스의 세계 정복이 머지않았다.

너의 설거지와 나의 설거지

결혼 직후 한동안 나는 사람마다 생활방식이 이토록 다를 수 있다는 사실에 큰 충격을 받고 그 디테일에 빠져들었다. 예를 들어, 당신의 집 화장실에는 휴지통이 있나 없나. 도마는 한 개인가 아니면 두 개 또는 세 개인가. 수건은 한 번 쓰고 세탁하나 재사용하나. 천 걸레를 물에 빨아 사용하나 물티슈로 바닥을 닦고 그대로 버리나. 싱크대에서 양치하는 것을 용납하나 하지 않나. 반찬통에서 접시로 한번 나온 반찬은 무조건 버리나 아니면 다시 반찬통에 넣나. 와이셔츠 세탁은 세탁소에 맡기나 집에서 직접 하나. 티셔츠는 다려 입나 그냥 입나. 청소할 때마다 창틀의 먼지를 닦는가 닦지 않는가.

이 사소하고도 치명적인 생활의 디테일은 목소리 높여 논하기엔 멋쩍은 것들이라 남들이 어떻게 삶의 구석구석을 꾸려가는지 잘 모르고 막연하게 내 방식이 스탠더드라 믿으며 살고 있는 것 같다. 그러다 결혼이라는 핵융합적인 사건을 통해 집과 집, 생활과 생활이 만나 폭발하면서 그 차이점에 아연실색하는 것이다.

그중에서도 설거지. 이 단순한 행위 안에 얼마나 많은 변수가 존재하는가. 내 경우엔 젖은 수세미에 주방 세제를 묻혀 거품을 낸 후 식기들을 전부 그 수세미로 문지른 후 흐르는 물에 그릇을 하나하나 헹궈 물빠짐 틀에 놓는다. 어떤 이는 물을 틀어놓은 채 거품 낸 수세미로 식기를 문지르는 동시에 헹군다. 어떤 이는 잔류 세제가 염려되어 이미 헹궈놓은 그릇을 다시 처음부터 헹구기를 두 번 세 번 반복한다. 어떤 이는 물에 헹구는 과정을 제2의 수세미 또는 물에 적신 행주와 함께한다. 같은 나라 안에서도 이토록 다양한 방식이 존재하는데 다른 나라, 다른 대륙에 가면 그 간극은 더욱 넓어진다.

일단 유럽에서 가장 눈에 띄는 점은 설거지를 마친 그릇들을 반드시 마른 행주로 닦아준다는 것. 물에 석회질이 많아서 그대로 공기 중에 말리면 그릇 표면에 허연 석회 자국이 생기기 때문이다. 부부 중 한 사람이 그릇을 물에 헹궈 물빠짐 틀에 올려놓으면 그 옆에서 다른 사람이 마른행주질을 해서 선반 위에 올려놓는 것이 내 머릿속의 전형적인 프랑스 가정 저녁 풍경이다.

미국은 땅도 넓고 이민자도 많아 다양한 문화만큼 다양한 설거지 방식이 존재하겠지만 일단 뉴욕의 위생국이 요식업체에 요구하는 설거지 방식은 "닦고, 헹구고, 소독하고 Wash-Rinse-Sanitize"로 요약할 수 있다. 음식을 다루는 시설물에는 손 닦는 용도의 세면대 외에도 의무적으로 세 칸의 싱크대가 있어야 한다. 각 칸마다 따듯한 물이 채워져 있어야 하고 가장 왼쪽에는 주방 세제를 탄 비눗물이 있어서 우선 그릇들은 그 안에 들어가 전신욕을 한다. 대부분의 음식 잔여물이 물에 불어 떨어져 나갈 즘 수세미로 그릇을 슥슥 닦아 가운데 칸의 깨끗한 물에 넣어 헹군다. 그리고 세 번째 칸의 살균제를 탄 물에 그릇을 일정 시간 담겼다가 건져서 공기 중에 말린다.

미국에 온 지 얼마 안 되었을 때 노숙자들에게 식사를 제공하는 '수프 키친Soup Kitchen'이라는 봉사활동을 한 적이 있다. 나는 두어 명의 친구들과 함께 설거지 담당이어서 싱크대 앞에 섰는데 내가 수세미에 주방 세제를 직접 묻혀서 식판이 들어올 때마다 하나씩 비누칠을 해서 헹굼 담당에게 건네니 같이 있던 아이들 모두 눈이 동그래져서 날 쳐다봤다. 그중 한 명이 "음…… 어…… 저기……" 하며 뭔가 말을 하려 했는데 내가 천진하게 "응? 왜?" 하고 되물으니 "응. 아냐"라며 할 말을 삼켰다. 그 상황을 이해하게 된 건 그로부터 한참이 지나서였다. 이들에게 설거지라 함은 우선 싱크대를 따스한 물로 가득 채워서 그릇을 그 안에서 불리는 것이었을 텐데 웬 외국아이가 그 과정 없이 '드라이'한 상태의 그릇에 농축된 주방 세제를 치덕치덕 묻혀 자기에게 내밀었으니 이게 뭔가 했을 것이다.

또 한 가지 다른 점은 살균에 대한 태도이다. '락스'라고 하면 '위험한 것' '나쁜 것'이라고 교육받고 자란 한국의 문화와는 다르게 미국의 요식업체에서는 전 과정에 락스가 개입된다. '염소Chlorine' 또는 '표백제Bleach'라 불리고, 가정용 상품의 대표 브랜드가 미국에선 '클로락스' 한국에선 '락스'인 이 살균제는 가루나 태블릿 또는 투명한 액체로 되어 있다. 모든 식기는 설거지 마지막 단계에 1갤런당 반 테이블스푼의 비율로 살균제를 탄 물에 소독을 해야 한다. 세균에 대한 경계 의식이 강하고 특히 타인과의 접촉에 의한 세균이라면 질색 팔색을 해대는 이들에게 남의 입에 닿았던 식기를 살균 없이 사용하는 것은 상상도 못 할 일이다.

살균제의 역할은 여기에서 그치지 않는다. 업장에는 의무적으로 작은 통이 있어서 1갤런당 1테이블스푼의 비율로 살균제를 타서 그 안에 젖은 행주를 보관해야 한다. 그리고 그렇게 살균제가 묻은 행주로 수시로 테이블을 비롯한 표면을 닦아서 소독해줘야만 하고 사용한 행주는 절대로 공기 중에 노출되지 않게 그대로 소독액 안으로 들어가야 한다. 나는 표백제 때문에 손이 상하는 것이 느껴져서 행주를 그때그때 맹물에 빨거나 온탕 소독해서 다시 사용하는데 동료들은 자주 빨아 하얀 행주보다 커피 가루가 범벅이 되어 꼬질꼬질하더라도 소독제를 묻힌 행주를 훨씬 더 깨끗한 것으로 간주한다.

설거지 하나를 둘러싸고도 세상은 이렇게 광대하다. 그에 비해 내가 안다고 생각한 것, 내가 상식이라고 생각한 것들은 이토록 얄팍하다. 오늘도 30여 년간 내 몸에 밴 설거지 본능에 저항하며 따뜻한 비눗물 안에 그릇들을 목욕시키면서 설거지의 우주 앞에 작아진다.

실내 온도를 둘러싼 신경전

외국에서 온 이들은 뉴욕의 과도한 냉방에 대해 한마디씩 한다. 몸에서 땀이 나고 땀 냄새가 나는 순간 마치 전염성 피부병에라도 걸린 양 미안해하며 몸 둘 바를 모르는 이들의 문화 때문인지 지독하게 냉방을 해댄다. 여름에 도서관이나 은행, 버스나 지하철, 극장 등에 30분 이상 앉아 있으려면 걸쳐 입을 카디건을 소지해야 하고 그렇지 않으면 추위에 오소소 소름이 돋은 팔뚝을 손으로 감싸 조금이라도 온기를 보존하려 노력하며 '저에너지 시대에 이게 뭐 하는 짓인가' 하는 분노와 죄책감을 함께 느껴야 한다.

카페나 식당도 예외는 아니어서 서늘한 날씨에 옷깃을 여미며 카페에 들어갔는데 에어컨이 틀어져 있어서 아연실색하는 것도 흔한 일이다. 실내 온도를 관리하는 사람이 더위라면 학을 떼는 온혈인간인가, 아니면 한국에서 연말에 멀쩡한 보도블록을 다시 까는 것처럼 냉방비 예산을 써야 하는 피치 못할 사정이 있어 이를 악물고 냉방을 하는 것인가 몹시 궁금했다.

공공장소를 왜 이렇게 강력하게 냉방하는지는 아직도 수수께끼이다. 하지만 적어도 카페에서 왜 그런지는 이제 이해

한다. 바리스타는 언제나 덥기 때문이다. 우선 카페에 산재한 열원들을 생각해보자. 차나 커피를 만들 때 사용하는 대형 온수기, 뜨거운 레귤러 커피를 담아 두는 커피 디스펜서, 최소 둘에서 셋까지도 있는 뜨거운 바람 뿜뿜 냉장고, 립스틱을 올려두면 립글로스가 되어버릴 정도로 엄청난 열을 뿜는 업소용 아이스 머신, 24시간 뜨겁게 달궈져 있어야만 하는 에스프레소 머신, 항상 설거지용 온수가 가득 담겨 있는 세 개의 업소용 싱크대, 베이글을 구워주는 토스터 등. 한두 평 남짓한 공간에 이 많은 열원들이 응축적으로 배치되어 있으니 그 열기가 안에 끼어 있는 바리스타를 굽고 찌고 삶고 하는 것이다. 게다가 가만히 있는 것이 아니라 끊임없이 걷고 뛰고 앉았다 일어났다를 반복하고 있으면 몸이 더 더워질 수밖에 없다. 바쁜 시간이라면 그 작은 공간에 두세 명이 그렇게 뜨끈뜨끈한 몸으로 부대끼며 일을 하니 각종 열원에 사람 체온까지 더해져 참을 수 없는 지경에 이른다.

그런 상황이니 카페에 갈 땐 한겨울에도 봄이나 여름 옷차림이다. 반팔 티셔츠나 소매를 걷은 셔츠에 가벼운 치마나 바지 정도. 스웨터를 입고 간 경우엔 앞치마를 두르기 전에 일단 그 포근한 털옷을 고이 벗어 코트와 함께 두어야 한다. 치마 밑에 스타킹이나 타이츠를 신고 갔다가 참다못해 벗어 던진 적도 있고 눈이 펑펑 와서 어그 부츠를 신고 간 날엔 뜨거운 물에 족욕하며 일하는 기분이라 맨발로 일할까 진지하게 고민하기도 했다. 그러다 보니 내 옷장에는 일 년 내내 여름옷이 나와 있고 쉽게 벗을 수 없는 두꺼운 겨울옷들은 빛을 보지 못한 채 다시 옷상자 안으로 들어가는 일이 빈번해졌다.

그러나 손님은 춥다. 손님들은 그 열원으로부터 멀리 떨어져 앉아 있는 데다 단열도 잘 되지 않는 전면 유리벽과 수시로 열리는 문을 통해 들어오는 냉기를 온몸으로 흡수해야 한다. 게다가 장시간 앉아서 일이나 공부를 하는 사람들은 대여섯 시간째 가만히 앉아 있으니 몸에서 온기가 슬슬 빠지고 냉기가 뼛속까지 스며들겠지. 그래서 냉탕과 온탕 사이에서 줄다리기하며 실내 온도를 조절하는 것이 여간 까다로운 일이 아니다. 손님이 왕이고 갑인 나라에서 온 나는 누가 시키지 않아도 손님들 눈치를 보며 그들의 적정 온도에 맞추려 노력한다. 그러나 아무리 한겨울이라도 냉방을 가끔 하지 않으면 각종 열원과 사람의 체온 등으로 실내 온도가 높게는 30도까지 올라간다. 실내가 너무 따듯하면 아이스 머신 등이 제대로 작동하지 않을 뿐더러 바리스타의 몸도 마음도 고장 나기 때문에 최소한으로 냉방을 하며 적정 온도를 유지하려 노력하는 것이다.

피부를 스치는 한 줄기 싸늘한 에어컨 바람에도 이러한 고뇌가 깃들어 있다는 것을 당신은 모르겠지요. 몰라도 돼요, 사실.

체취

한국을 떠나 살기 시작하기 전까진 몸 냄새라는 것을 의식해 본 적이 별로 없다. 사람도 동물이니 아무리 열심히 씻어도 체취가 있을 수밖에 없다. 그리고 동물의 체취는 자기가 먹는 음식에 달려 있다. 내가 아는 프랑스인 여자는 돼지를 먹지 않는 나라에 가서 프랑스어를 가르치는데 어린 학생들이 "선생님 몸에서 돼지 냄새나요"라고 말하는 것을 듣고 충격받았다는 이야기를 한 적 있다.

당연히 한국 음식을 먹는 한국인에게도 특유의 냄새가 있을 것이다. 나는 이곳에서도 김치를 포함한 한국 음식을 자주 먹기 때문에 여전히 타인에게서 한국인 냄새를 탐지해내지 못하고 있다. 하지만 '한국 사람이 땀을 흘리면 김치 냄새가 난다'는 이야기가 한국인들 사이에서 자기 검열하듯 돌아다니고, 실제로 미국 코미디 프로에서 인종차별적인 고정관념을 꼬집으며 "아시아 사람들은 입 냄새가 심하다"고 생각해서 동양인 앞에서 숨을 참는 어린아이가 나오기도 했다. 아무래도 서양 음식에는 많이 들어가지 않는 마늘과 파 등의 향신 채소가 듬뿍 들어가고, 김치의 경우 쿰쿰한 젓갈을 더해 발효까지 시켰으니 그 냄새가 강렬할 수밖에 없을 것이다. 그래서 서양인들과 비즈니스 미팅을 많이 하는 지인은 중요한 미팅 하루 전에는 김치나 마늘이 많이 들어간 음식을 자제하고 반드시 샤워를 하고 미팅에 나간다고 했다.

내 경우엔 '에라, 모르겠다' 하며 내려놓은 지 오래다. 이제 이곳도 김치가 흔해져서 일반 슈퍼마켓에서도 팔고, 어차피 온 세상에서 온 사람들이 온갖 다양한 음식을 먹고 사는 동네인데 내 특유의 체취가 좀 있으면 어떠랴 하는 생각이다. 대신 일하러 나가기 직전에 먹는 음식만 좀 조심하고(마늘, 파, 부추가 생으로 들어간 음식 피하기), 공들여 양치질을 하고, 일하는 중에도 한 번씩 가글을 하는 정도가 나의 대책이다.

그렇게 내 냄새를 의식하며 살다 보니 어느덧 남의 몸에서 나는 냄새에도 제법 예민해진 것 같다. 항상 같은 향수나 바디워시, 로션을 써서 시그니처 향기가 있는 손님의 경우엔 손님이 보이기도 전에 냄새로 그의 존재를 알아채기도 하고, 자주 씻지 않거나 본래 체취가 강한 손님 역시 냄새만 맡고도 '아, 그가 이 공간에 있구나' 하며 존재를 느끼곤 한다. 생각보다 많은 이들에게서 제법 강렬한 냄새를 감지하곤 하는데 어느 정도냐면, 카페 바로 옆 가게의 매니저 언니가 퇴근하느라 카페 앞을 지나가면 카페 안까지 은은한 꽃냄새가 퍼져서 일하다 말고 알아챌 정도이고, 카페에 매일 와서 고정석에 앉아 일하는 청년의 경우 그가 앉은 자리와 대각선으로 10미터가량 떨어진 곳에 서 있어도 온갖 냄새를 뚫고 그의 체취가 다가와 코끝을 스치며 '나 여기 있어' 하고 알려주기도 한다. 주변

식당의 종업원이나 손님이 들어서면 옷에서 나는 음식 냄새로 그 사람이 어느 식당에서 왔는지를 알아챌 수 있다.

우리는 스스로에게서 나는 냄새를 지우려 향기가 나는 샴푸와 바디워시로 온몸의 털과 살갗을 열심히 닦고 데오도란트를 써서 분비물의 분출을 막고 이를 닦고 가글을 하고 향수를 뿌리고 옷을 빨아 입지만 동물이 체취를 지운다는 것은 바닷물을 막으려는 인간의 노력처럼 좀 더 거대하고 허망한 수준의 노력이 아닐까.

추수감사절 풍경

어제는 추수감사절 다음 날인 블랙프라이데이였다. 추수감사절 당일은 남을 초대하거나 혹은 본인이 초대받아서 누군가의 집에서 걸판진 명절 음식을 먹는 날이기 때문에 카페는 쥐 죽은 듯 조용하고 거리는 유령 마을처럼 한산했는데 블랙프라이데이에는 전날의 과식과 과음에 지친 이들이 느지막이 일어나 커피를 찾거나 블랙프라이데이 세일 상품을 잔뜩 쇼핑하고는 지쳐서 쉬러 온다. 오랜만에 만난 가족, 친지, 친구들과 집에서 멀뚱히 있기는 어색하니 커피라도 한잔할까 하면서 나오는 이들까지 해서 카페가 몹시 붐볐다.

혼자서 숨이 턱턱 막힐 정도로 바쁘게, 감당이 안 될 정도로 많은 손님들의 주문을 처리하고 있는데 카페 문이 열리며 새 손님이 물밀듯이 들어오면 소규모 절망을 경험한다. 바쁘지 않을 때엔 하나하나 사랑스럽고 흥미로운 그들이, 이 순간에는 어찌나 얼굴 없는 익명의 적군처럼 느껴지는지. 영화 〈스타워즈〉의 스톰 트루퍼 같은 느낌이랄까? 〈월드워Z〉의 좀비 떼 같은 느낌이랄까?

그렇게 느껴서 미안해요, 나의 손님들. 당신들은 죄가 없어요. 그만큼의 일을 소화하지 못하는 내 쪽의 문제니까요. 혹은 이렇게 바쁜데 인원 충원을 안 한 운영자 측의 잘못이거나.

어쨌거나, 재미있는 점은 명절에 떼로 들어오는 가족 단위의 손님들은 하나같이 심기가 불편해 보인다는 것이다. 주로 이 동네에 사는 젊은 부부와 그들의 어린 자녀, 부부 중 한쪽의 부모님이 함께 오는 경우인데, 아이들은 평소와는 다른 가족 구성에 따른 어리광 수용도의 변화에 적응하지 못하고 대흥분하여 이리저리 뛰어다니거나 이것저것 사달라고 조른다. 아이들의 할머니 할아버지는 자기 자녀와 자녀의 배우자, 자녀의 자녀들까지 동시에 신경 쓰면서 불안한 눈빛으로 메뉴를 훑고 있지만 낯선 동네의 낯선 카페에 왔으니 메뉴는 길고 어렵기만 하다.

부모를 데려온 젊은 부부 중 한 명은 자신의 배우자와 부모, 자녀까지 세 그룹을 동시에 신경 쓰느라 지칠 대로 지쳐서 예민해져 있고, 사위 또는 며느리는 이 상황에 최대한 거리를 둔 채 먼 산을 바라보며 육체와 영혼을 분리하려 노력한다. 이들은 긴 설왕설래 끝에 간신히 주문을 해서 음료를 받고 나면 서둘러 마시고는 미션을 하나 해치웠다는 분위기로 서둘러 거리로 나간다. 떨어져 살던 가족이 명절을 핑계로 한데 모였을 때 서로 힘든 건 한국이고 미국이고 마찬가지인가 보다. 힘내세요. 등 뒤로 조용히 '화이팅'을 외쳐드릴게요.

하나, 둘, 셋

스무 살 전후. 마른 체격에 금발의 단발머리. 캐주얼하고 트렌디한 차림새에 백팩을 멘 소녀가 들어섰다. 크리스마스를 겨우 한 주 남겨놓은 금요일 저녁이라 다들 바쁜지 카페는 한산한 편이었다. 미처 마치지 못한 일을 연휴 전에 마무리하느라 노트북을 노려보는 이들이 서너 명 있을 뿐이다.

비슷한 연배의 남자를 데리고 들어온 소녀는 동행은 내버려둔 채 노트북으로 일하고 있는 한 여자의 테이블에 냉큼 앉았다. 둘이 대화를 하는 동안 남자는 어색하고 불편하게 카페를 서성대며 이곳저곳을 눈으로 훑었다. 절박하게 눈 둘 곳을 찾는 눈치였다. 카운터 위에 걸린 메뉴를 읽다가 그 밑에 서 있는 나와 눈이 마주치자 그는 어색한 미소를 짓고 눈을 돌렸다. 주문할 생각이 없다는 신호다. 둘이 함께 지나가다가 소녀의 지인이 카페에 앉아 있는 것을 보고 잠시 인사하러 들어온 모양이다. 소녀는 어느새 테이블에 앉아 있던 여자가 반쯤 먹다 남긴 쿠키를 집어먹고 있었다.

소녀가 인사를 마치고 곧 떠나겠거니 했는데 먼저 자리를 뜬 것은 의외로 노트북 여자였다. 소녀와 남자는 노트북 여자의 테이블에 그대로 앉았다. 커플인 줄 알았던 두 사람은 묘하게 어색해 보였고, 소녀는 말없이 배낭에서 스케치북과 연필, 색연필 등 그림 도구를 한가득 꺼내 테이블 위에 올려놓았다. 혹시라도 주문을 할까 싶어서 흘끔흘끔 바라보는 바리스타의 시선을 느꼈는지 소녀가 카운터로 왔다.

"안녕하세요?"

"안녕하세요."

"음…… 여기에 있는 머핀, 글루텐 프리라고 적혀 있는데 혹시 어떤 글루텐 프리 밀가루를 쓰는지 아시나요?"

"아, 그거 우리 카페에서 직접 만드는 머핀이고요, 제과하는 친구가 여러 가지 글루텐 프리 밀가루를 조합해서 쓰는 거로 알고는 있는데, 정확히 뭐가 들어가는지는 모르겠네요. 퀴노아 밀가루가 그중 하나라는 건 들었어요."

"아."

그리고 3초간 묘한 정적이 흘렀다.

즉시 대답을 하는 대신 소녀는 상대의 눈을 들여다보며 침묵했다. 할 말이 생각나지 않아 눈을 깜빡이는 그런 3초가 아니라 바리스타의 눈동자가 박물관에 있는 오브제라도 되는 양, 주의 깊게 유심히 들여다보는 3초였다. 혹시 무슨 메시지를 전하고 싶은 걸까? 아니면 내 얼굴에 이상한 점이라도 있나? 부자연스러운 침묵이 견디기 힘들어질 무렵 소녀는 다시 입을 열었다.

"그럼 어떤 밀가루가 들어 있는지 모른다는 얘기네요. 아시다시피 글루텐 프리 밀가루에도 종류가 많아서요. 그리고 어떤 곳은 밀가루를 부정직하게 쓰기도 하고요."

"아, 네. 그렇구나."

그리고 또다시 하나, 둘, 셋, 3초의 침묵. 별것 아닌 이 침묵 덕분에 뒤통수가 근질근질하고 좌불안석해졌다.

"다른 글루텐 프리 쿠키나 빵 중에서 재료를 전부 아는 것 있나요?"

"아뇨. 미안하지만 저희가 모든 재료를 리스트해서 가지고 있진 않아요."

또다시 하나, 둘, 셋, 이건 뭐지? 최면 같은 건가? 아니면 고도의 심리학적 게임인가?

"그럼 뭐 주문할지 조금만 더 생각해볼게요."

드디어 귀신에 홀린 것 같은 요상한 대화가 끝났다. 나는 이내 그 커플에게서 신경을 끄고 마감 업무에 집중하기 시작했다.

밤에 하는 업무 중 하나는 내일 영업에 대비해 창고에서 소모품을 가지고 와서 채워 넣는 것이다. 인도의 한 편에 바닥으로 난 문을 들어올려 열고 지하의 창고로 내려가서 상자 가득 물건을 싣고 올라오려는데, 이런! 하필 지하실 입구에 한 무리의 캐럴 싱어들이 멈춰 섰다. 크리스마스 무렵에는 이렇게 아마추어 합창단이 동네를 돌아다니며 길에서 캐럴을 부르곤 한다. 그들이 하필 내가 짐을 들고 낑낑대며 지상에 올라가기 직전에, 딱 그 출구 앞을 스테이지로 삼은 것이다.

아름답고 성스러운 그들의 노래를 "잠시만요!" 하며 끊을 수는 없었다. 게다가 비디오 촬영까지 하고 있는데, 그 영상에 지하에서 출몰한 땅귀신이 잡히게 할 순 더더욱 없었다.

별수 없이 지하실에 몸을 숨기고 캐럴을 듣고 있는데 "어머! 꺄아-아하하하!" 하는 새된 소리가 들렸다. 아까 그 소녀가 뛰쳐나와서 캐럴 싱어들 주변을 빙빙 돌고 손뼉을 치며 환호하고 있었다. 크리스마스답게 행복한 모습이기는 했지만 소녀의 호응에는 조금 과한 느낌이 있었다. 물론 머리 위에서 캐럴 싱어들이 흥겹게 노래하는 동안 그들의 발밑에 몸을 숨긴 채 음악을 듣고 있는 나도 그리 자연스러운 풍경은 아니었다.

캐럴 싱어들이 두 곡이나 부르고 물러나자 드디어 지상으로 올라올 수 있었다. 양팔 가득 무거운 짐을 들고 여러 번 오르락내리락해야 하기 때문에 땀이 나고 숨이 가빠지며 다리가 풀린다. 마지막으로 가장 무거운 열두 개들이 두유 한 상자를 번쩍 들어 올렸는데 갑자기 소녀가 나를 붙잡았다.

"저기요. 바쁜 거 아는데, 잠시만요."

"네?"

"이거 보세요. 내가 그렸어요!"

소녀는 상자를 든 채 엉거주춤하게 서 있는 내 눈앞에 스케치북을 내밀었다. 카운터 위에 있는 쿠키 단지를 그렸나 보다. 딸기 한 톨 크기의 엉성한 연필 스케치는 썩 잘 그렸다고 보긴 힘들었다. 나는 후들거리는 팔로 점점 무거워지는 상자를 다시 한 번 추스르고는 활짝 웃으며 정말 잘 그렸다고 칭찬해주었고, 소녀는 뿌듯한 얼굴로 자리로 돌아갔다.

소녀는 이후로도 두어 번 더 왔다. 올 때마다 동행인 남자가 바뀌었고, 여전히 동행과는 별 대화를 주고받지 않았다. 언제나 주문하려는 것처럼 다가와서는 녹차의 유기농 인증 여부나 커피의 카페인 농도 등을 트집 잡으며 결국 아무것도 시키지 않고 테이블에 앉아서 그림을 그리다 갔다. 물론 짧은 대화에는 언제나 하나, 둘, 셋의 침묵이 향신료처럼 뿌려져 있었다. 돌이켜보니 소녀가 처음 온 날 냉큼 마주 앉아서 쿠키를 집어 먹었던 그 노트북 여자와도 모르는 사이였던 것 같다.

소녀가 네 번째로 와서 다시 아무것도 사지 않은 채로 그림 도구를 꺼내 펼쳐놓았을 때 나는 조심스레 다가가서 "혹시 뭔가 주문할 거 있어요? 여긴 고객 전용 공간이라서……"라고 말했다. 그녀는 하나, 둘, 셋의 침묵 동안 나를 올려다보더니 말없이 주섬주섬 짐을 쌌다.

그림 도구를 다 챙긴 후 카페를 떠나기 전 그녀는 백팩을 멘 채로 카운터에 다가와 온화한 미소를 지으며 말했다.

"갈게요."

하나, 둘, 셋, 넷, 다섯 하고 소녀는 카페를 떠났고 다시 돌아오지 않았다.

2018

냄새

자고 일어날 때마다 한결 따뜻해진 온도와 햇볕에 놀라 '봄이 정말 기어코 와버린 건가'라는 탄식 비슷한 탄복을 하고 있다. 당장 뛰어나가 잡아버리지 않으면 봄볕이 사라져버리기라도 할 것처럼 조급한 마음으로 봄옷을 챙겨 입고 가벼운 신발을 신고 현관을 나선다. 집 밖에 나서서 깊이 들이마시는 숨에서 봄 냄새를 맡고서야 비로소 계절은 확고해진다. 제아무리 눈으로, 피부로 새 계절을 느낀다고 해도 그것을 정말 납득하게 만드는 것은 냄새이다.

계절의 냄새를 구성하는 요소는 수천, 수만 가지일 테지. 그래서 서른 번이 훨씬 넘게 경험하는 봄 냄새의 정체를 아직도 파악하지 못하고 있다. 겨우내 바싹 말라 있던 흙들이 온기에 녹아 물을 흡수하는 냄새, 이제 막 젖은 흙을 헤치고 고개를 내민 풀잎과 메마른 가지에서 움트는 새순의 냄새, 통통하게 물오른 봉오리에서 터져 나온 꽃 냄새 등이 내가 짐작할 수 있는 몇 가지인데 그 정도 요인은 병아리의 몸을 감싼 수많은 솜털 중 한 가닥 정도의 비중에 불과할 것이다.

이 상쾌하고 기분 좋은 냄새를 맡으며 나는 지독하고 불쾌한 냄새를 떠올렸다. 좋은 냄새는 많은 이들이 입에 올리고 묘사하고 소식을 주고받지만 나쁜 냄새에 대해서는 이야기하지 않는다. 그렇게 잊힌 냄새 중 최근에 맡은 가장 나쁜 냄새는 무엇일까?

몇 년 전까지 자원봉사자로 일했던 북스토어 카페에서 어느 날, 정체를 알 수 없는 강력한 냄새가 코를 찔렀다. 그래. 코를 '스치는' 것이 아니라 '찌르는' 것이었다. 그것은 너무도 강력하고 날카롭고 단단해서 마치 묵직한 칼날이 둔하고 눅실눅실한 두부를 파고들 듯 그렇게 무방비한 몸을 파고들었다. 지옥에서나 왔을 것 같은 그 파워풀한 냄새의 정체는 놀랍게도 에스프레소 머신의 배수관이었다. 노후한 배수관에 금이 가서 오수가 바닥에 흘러내린 것이다. 그윽하고 향기로운 에스프레소가 1미터도 안 되는 짧은 배수관을 타고 흐르다가 정체되어 썩으면 이토록 무시무시한 냄새를 발산한다.

사랑하는 이의 끔찍한 이면을 본 것처럼, 커피 하수구 냄새는 그렇게 내 후각에 지울 수 없는 생채기를 낸 채로 강렬하게 남아 있다. 봄 냄새와 달리 이 냄새의 원천은 단순하고 확고하다. 그래서 외면할 수도 무시할 수도 없다. 좋은 냄새만 맡고 룰루랄라 하고 싶은 존재 앞에 그 냄새는 둔중한 칼날을 찔러 넣으며 자기를 각인시킨다.

나라고. 네가 그렇게 좋아하는 커피가 나라고.

꽃 파는 남자

카페에 처음 나타난 날 그들은 내게 가장 힘든 저녁을 선사했다. 낮 동안 손님이 많았던 날이라 지쳐 있었고 빨리 마감하고 집에 갈 생각만으로 저녁을 버티고 있었다. 이미 해가 넘어가기 시작해서 거리가 어둑어둑해지는데도 카페에는 적지 않은 이들이 앉아 있었다. 그리고 그들이 들어섰다.

머리를 박박 민 중년의 남자는 금방이라도 상대를 잡아먹을 것 같은 사나운 눈빛으로 경계하듯 공간을 스캔한 후 콘센트를 꽂을 수 있는 공동 테이블에 털썩 앉았다. 그는 휴대폰에 꽂혀 있던 충전기 전원을 연결하고는 거친 목소리로 통화를 시작했다. 아무렇게나 구겨진 낡은 옷에 검게 그을린 목덜미, 왜소하지 않은 어깨와 볼품없이 튀어나온 아랫배. 확실히 중산층의 여피들이 사는 이 동네에서 에스프레소를 마시러 카페에 들어서는 이의 전형적인 풍모는 아니었다.

그와 함께 네댓 살로 보이는 어린 여자아이가 따라 들어왔다. 역시나 남루한 옷에 헝클어진 머리를 한 아이는 아빠가 통화에 몰두하는 동안 카페 안을 뛰어다니기 시작했다. 무거운 화장실 문을 온 힘을 다해 열며 매달려 놀기도 하고 책장에 있는 장난감을 꺼내 흩뜨려놓고 손가락이 낄 수도 있는 두꺼운 유리 출입문을 열었다 닫았다 하며 소리를 지르고 노래를 부르며 깔깔댔다. 유난히 어린아이들이 많이 오는 카페이지만 이 정도로 통제가 되지 않는 아이도 처음이고 이 정도로 통제하지 않는 부모도 처음이라 당황한 채로 아이가 다칠까 봐 눈으로 좇느라 아무 일도 할 수 없었다.

동유럽 어딘가의 언어로 전화기에 소리를 지르던 아이 아빠는 마침내 통화를 끝내고 카페에서 가장 싼 기본 커피를 한 잔 시켜 앉았다. 여전히 아이를 방치하다가 어느 순간 안 되겠다 싶던지 자신의 휴대폰을 아이에게 쥐여준 후 커다란 볼륨으로 애니메이션을 틀어주었다. 어두운 카페 안에는 말없이 노트북으로 일하는 이들이 침묵을 공유하는 가운데 애니메이션 사운드가 쟁쟁하게 울려 퍼졌다. 아이에 대한 관용이 높은 동네이지만 무시하기에는 압도적으로 큰 볼륨이었다. 다른 손님들을 위해 볼륨을 줄여달라고 부탁을 해야 하나 고민이 되었으나 그러기엔 아이 아빠가 너무 무서워 보여 30여 분을 고민했다.

"저 죄송하지만 볼륨을 조금만 낮춰주시겠어요?"

용기를 내서 최대한 저자세로 미소를 띠며 부탁하자 남자는 나를 돌아보며 눈살을 찌푸리곤 대답했다.

"왜."

쫄아서 목소리까지 줄어든 나는 "저…… 여…… 여긴…… 공공 공간이니까요……" 하며 말을 흐렸고 그는 못마땅한 듯 나를 노려본 후 볼륨을 몇 단계 줄였다. 이후에도 남자가 전화

통화를 위해 아이에게서 휴대폰을 빼앗을 때마다 아이는 내가 하는 모든 일에 관심을 보이며 위험천만하게 주변을 맴돌았다. 나는 아이를 말리고 달래며 '아이 부상-부모의 억대 소송-대낭패' '아이 부상-러시아 마피아의 보복-대낭패' 등의 시나리오를 머릿속으로 그리며 패닉 상태로 남은 업무 시간을 보냈다.

부녀는 이 카페가 마음에 들었는지 그 이후로도 종종 나타났다. 그들이 유리문 밖으로 보이면 '아, 제발!'이라는 탄식이 나도 모르게 나왔지만 역시 인간은 적응의 동물이라 그들에게 슬슬 익숙해지기 시작했고 꼬마 아이와는 제법 친해져서 대화 비스무레한 것도 하는 사이가 되었다.

카페에 들어설 때마다 아이는 과자가 진열된 곳으로 신나게 달려와 큰 소리로 "나 이거! 이거 먹을래!"라고 소리치고 남자는 아예 그 소리를 무시하거나 내게 와서 난감한 얼굴로 "핫초코는 얼마야?"라고 묻고는 가격을 들은 후 안심한 얼굴로 핫초코를 시켜 아이에게 주곤 했다.

어떤 날에는 아이의 언니까지 대동해서 세 사람이 나타나기도 했다. 동생보다 서너 살밖에 많지 않은 여자아이는 영어가 서툰 아빠에 비해 깨끗한 미국식 영어를 구사하고 있었고 자기 나이에 비해 지나치게 어른처럼 굴었다. 동생이 속마음을 있는 그대로 드러내며 쿠키 앞에서 "나 이거 먹고 싶어!"라고 소리 지르는 동안 언니는 짐짓 이런 쿠키에는 별 관심 없다는 듯 새침한 얼굴을 하곤 마치 샤넬 매장에서 핸드백 쇼핑이라도 하는 듯한 거만한 태도로 "언니, 이건 얼마예요?" "그럼, 이건요?"라고 가격을 묻는다. 그러곤 남자에게 달려가 뭐라 뭐라 말을 전한 후 실망한 얼굴로 돌아와 "기본 커피 작은 거 하나 주세요"라고 주문을 했다. 때로는 몇 살 차이도 나지 않는 자기 동생을 어른이 아이 보는 표정으로 귀엽다는 듯 바라보며 "쟤는 지가 공주라고 생각을 한다니까요? 참나"라며 내게 슬쩍 말을 건네곤 피식거리기도 했다. 아이는 여덟 살의 얼굴로 열여덟 살짜리의 말투를 구사하고 있었다.

그렇게 계절이 몇 번 바뀌는 동안 그들은 제법 자주 카페에 드나들었다. 이제 서로 인사를 주고받는 사이가 되자 남자는 카페에 들어와서 아무것도 사지 않고 휴대폰만 충전하고 가기도 하고 화장실만 쓰고 가기도 했다. 처음에는 그렇게 카페를 이용하는 것이 멋쩍은지 내 눈을 피하며 못 본 척하더니 내가 묵인한다는 것을 깨닫고 난 후로는 배실배실 웃음을 지으며 들어와 인사를 건네고 딸들의 안부를 전한 후 거리낌 없이 공간을 사용하고 나갔다.

이제는 더 이상 내 앞에서 '센 척'을 할 필요가 없어진 큰 아이는 동생이 과자를 사달라고 떼를 쓰면 "야, 아빠가 여기는 과자가 너무 비싸다고 했단 말이야. 쿠키 하나에 3달러나 한다고. 조용히 해!"라고 면박을 주기도 하고, "언니, 솔직히 언니는 이 과자 가격이 옳다고 생각해요?"라며 따지기도 한다. 동생은 여전히 천방지축이지만 그사이 제법 자라서 의사소통이 쉬워진 탓인지 이제는 예전만큼 위험천만하게 뛰어다니지 않는다.

지난가을, 큰아이가 카페에 들러 비밀이라는 듯 내게 말했다. "아빠가 올여름엔 꽃을 많이 못 팔았대요. 그런데 꽃을 많이 팔면 여기에 더 자주 올 수 있어요."

그들은 한동안 보이지 않았다. 남자가 무서운 눈빛을 하고, 온종일 누군가와 싸우듯 기나긴 통화를 하며 파는 꽃은 어떤 꽃일지 모르겠다. 어쨌든 그 부녀가 꽃을 많이 팔기를, 그래서 어린 동생이 쿠키를 사 먹을 수 있고 큰 아이가 자기 또래처럼 말하길 바라는 사이 겨울과 봄이 지나 여름이 되었다.

한층 검게 그을린 그가 카페에 불쑥 들어서며 화장실 좀 쓰겠다고 말했다. 반가워하며 딸들의 안부를 물으니 싱글벙글 웃으며 아이들이 방학을 해서 애들 엄마가 있는 세르비아에 놀러 갔다고 한다. 꽃을 많이 팔았나 보다. 기쁜 일이다.

콤부차 만들기

카페에서 일하며 만나는 동료들과는 많은 것을 주고받게 된다. 우선 함께 일한 시간 동안 쌓인 팁을 사람 수에 맞춰 나누어 주고받아야 하고, 교대 시간에는 일과 관련된 소소한 사안들, 이를테면 콜드브루 제조 상황이나 오전에 얼마나 손님이 많았었는지, 계산 중 실수한 것은 없는지, 물품 중 뭐가 떨어졌는지 등을 주고받는다. 누군가 사기를 치러 들어왔었다거나 위조지폐를 사용했다거나 하는 카페 안의 사건사고와, 동료 중 누가 학기가 시작돼 바쁘다거나 다쳤다거나 그만뒀다는 개인사도 주고받는다. 물론 누가 누구와 사귄다거나, 깨졌다거나, 싸웠다거나, 작업을 건다거나 등의 뒷담화는 말할 것도 없다.

그런데 많고 많은 것 중 이런 것까지 주고받게 될 줄은 몰랐다. 그것은 바로 홍차버섯, 콤부차이다. 미국의 슈퍼마켓, 그중에서도 유기농이나 고급 제품이 많은 곳에서 주로 파는 콤부차라는 병 음료에 나는 별 관심이 없었다. 이름만 듣고는 다시마를 우린, 몸에 좋은 물 같은 것인가 싶어서(일본어로 '콤부'가 다시마니까) 그런 역한 것을 누가 먹나 싶었는데 의외로 미국 아이들에게 큰 인기를 구가하는 것이다. 알고 보니 콤부차는 홍차를 발효해서 맛이나 향을 가한 음료로, 그 자체에 탄산음료처럼 톡 쏘는 맛이 있어 상큼하고, 배양된 프로바이오틱스가 신체에 유익한 효능을 발휘해 건강에 신경 쓰는 이들이 즐겨 먹는 음료라고 한다. 게다가 어찌 된 일인지 음료 자체가 제법 세련된 이미지를 얻어서 고급 식료품점이나 커피전문점에서 비싸게 유통되고 있다.

최근에 같이 일하기 시작한 동료 한 명은 콤부차의 열렬한 마니아이자 설파자로, 콤부차를 먹어본 적 없는 이들에게 콤부차를 사서 주기도 하고, 집에서 직접 만든 것을 가지고 와서 맛을 보여주며 우리도 콤부차를 만들 것을 독려해왔다. 내게도 종균을 줄 테니 만들어보라고 꾸준히 설득해왔는데 워낙 낯선 음료이고 시간도 오래 걸리는 과정이라 머뭇거리는 사이에 그는 작은 병에 종균을 넣어 내게 안겨버렸다.

그리하여 나의 첫 콤부차 만들기가 시작되었다. 우선 열탕 소독한 유리병에 끓는 물 6컵과 설탕 1/2컵을 넣어 녹이고 홍차 티백 4개를 우려낸다. 20분 후 홍차가 잘 우러나면 티백을 제거하고 홍찻물이 실온에 가깝게 식기를 기다려서 그 위에 플레인 콤부차 1컵과 종균(영어로는 스코비Scoby라 불리고 한국어로는 종균, 홍차버섯 등으로 불리는 배양균)을 넣는다. 병의 입구는 종이로 된 커피 필터나 얇은 천으로 덮고 고무줄 등으로 묶어서 어둡고 온도가 일정한 곳에 1~4주가량 놔두면 종균이 홍차에서 나온 영양 성분과 설탕의 당분을 먹고 탄산을 배출하면서 콤부차를 만든다.

만들어서 방치해두기만 했는데 미생물들이 열심히 일하며 세를 늘린 결과 몇 주 만에 훌륭한 콤부차가 만들어졌다. 그래서 이제 우리집엔 몹시도 근면 성실한 대량의 미생물과 그에 비하면 시들하고 게으르기 짝이 없는 인간 두 명이 함께 살고 있다.

갱스터 카운팅

헌 돈과 새 돈 이야기를 해보자. 전통 부자와 신흥 부자의 올드 머니, 뉴 머니 얘기가 아니라 말 그대로 낡은 지폐와 빳빳한 새 지폐 이야기다.

요샌 많은 이들이 신용카드나 애플 페이 등 디지털 방식의 결제 수단을 사용하고 그 비율이 빠른 속도로 커지고 있지만 이 동네 카페에서는 아직도 현금을 사용하는 이들이 많다. 일단 거래하는 금액이 겨우 2달러에서 6달러 사이를 왔다 갔다 하는 소액인 데다, 커피를 사고 돌려받은 거스름돈의 일부를 팁으로 놓고 가는 것이 익숙한 관습이기 때문이다. 게다가 미국에는 아직도 현금만 받거나 아니면 '10달러 이상' 또는 '20달러 이상' 등의 최소 금액을 설정해놓고 신용카드 사용을 허용하는 가게들이 꽤 많다. 그래서 소액 결제의 경우엔 알아서 현금을 꺼내고, 신용카드를 내밀어야 할 때엔 미안해하며 사과하는 사람들이 꽤 있다.

그렇다 보니 카페에서는 온종일 현금을 만져야 한다. 손님들과 거래할 때에는 물론이고 거스름돈으로 줄 현금이 모자라면 안 되기 때문에 매일 잔액 보유 현황을 파악하고 은행에 가서 큰 금액의 지폐를 작은 단위의 잔돈으로 바꿔 와야 한다. 카페를 여는 아침과 문을 닫고 난 밤에도 현금의 보유 현황을 파악하기 위해 금전 출납기에 들어 있는 돈을 모조리 세어야 한다. 그래서 일을 하다 보면 좋으나 싫으나 돈 세는 것이 빨라질 수밖에 없다.

　나는 여기에 와서도 동북아 방식으로 돈을 센다. 한중일에서 흔히 돈을 세는 방식은 지폐 뭉치를 반으로 접어서 왼손의 엄지와 검지 사이에 끼고 엄지로 위에 있는 돈부터 한 장씩 밀어서 펼치면 오른손의 엄지와 검지가 그 돈을 문질러 확인하며 받는 방식이다. 그러나 미국 사람들이 돈 세는 방식은 전혀 다르다. 그들은 지폐를 접지 않고 펼친 채로 왼손에 쥐고 엄지로 밀면 오른손이 그 지폐를 가져가는 방식으로 돈을 센다. 얼핏 보면 굉장히 단순하고 원시적인 방법 같은데 능숙하게 세는 이들은 그 속도가 꽤 빠르다.

　하지만 그들이 보기에는 내가 돈을 세는 방식이 신기하기 짝이 없는 모양이다. 내가 돈을 세기 시작하면 다들 눈이 동그래지며 동양의 신비를 목격했다는 듯 감탄한다. 카페 사장은 내가 돈을 셀 때마다 "나 이거 영화에서 많이 봤어. 조폭들이 마약 거래할 때 돈을 이렇게 세잖아. 우와! 갱스터 카운팅!"이라며 호들갑을 떤다. 두꺼운 돈뭉치를 세는 은행 직원의 화려한 손놀림을 동경하던 수원의 꿈나무가 뉴욕에 와서 '갱스터 카운팅'이라는 별명을 얻으며 동양의 신비를 전파하고 있으니, 기술은 배우고 볼 일이다.

　그러나 그런 나에게도 약점이 있으니 바로 은행에서 갓

나온 빳빳한 새 돈이다. 같은 돈이어도 새 지폐로 건네받으면 왠지 더 큰 돈을 받은 것 같고 대접받은 느낌이지 않은가. 일하던 초기에는 금전 출납기 안에 새 돈이 들어 있으면 괜히 기분이 좋고, 그 돈을 손님에게 건네줄 때엔 상대방도 나처럼 기분이 좋겠거니 생각했다. 그러다 다음 날 금전 출납기를 다시 열었더니 누군가가 그 지폐들을 한 장 한 장 손으로 구겨놓은 것을 보고 '깨끗하고 빳빳한 것을 참을 수 없는 강박증인가?' 하고 동료들을 의심했었다. 그런데 이제는 안다. 그 지폐가 왜 구겨져야만 했는지.

대부분의 지폐는 수없이 많은 이들의 손과 지갑, 금전 출납기와 금고, 주머니를 경험하면서 자기 고유의 구김을 간직하고 있다. 사람마다 지문이 다르듯 개개의 지폐는 모두가 다른 형태로 휘고 꺾이고 주름져 있으며, 두께나 부드러움의 정도도 모두 다르다. 때문에 한 덩어리로 쌓아놓아도 지폐 사이에 미세한 공간이 생기고, 그 덕분에 한 장씩 분리해서 세는 것이 쉬워진다.

그러나 새 지폐는 아직 구겨지거나 접힌 적이 없기 때문에 앞뒤의 형제자매들이 모두 완벽하게 한몸으로 붙어 있다. 게다가 공장에서 갓 나온 지폐의 표면은 매끈한 종이와 달리 오톨도톨한 돌기로 뒤덮여 있어 울퉁불퉁하다. 그래서 두 장이 맞붙어 있는 것을 밀어서 분리할 때 마찰 저항이 꽤나 높다. 새 지폐 두 장을 두 손가락 사이에서 꾹 눌러서 밀면 뽀드득 소리와 함께 힘겹게 분리된다. 그에 비해 산전수전을 다 겪은 지폐는 그 돌기들이 닳아서 매끈하고 부드러워 엄지와 검지 사이에서 쉽고도 부드럽게 밀린다. 그래서 새 지폐로 손님에게 잔돈을 건넬 때 돈을 잘못 세서 건네주는 일이 왕왕 발생한다. 또 현황 파악을 위해 돈을 셀 때에도 돈이 잘 밀리지 않아 지폐 수를 잘못 입력해놓게 된다. 이 모든 것들이 오차를 만들어서 그날 밤 정산을 힘들게 하기 때문에 새 지폐를 다룰 때엔 정신을 바짝 차리고 온 신경을 손가락 끝에 집중하여 예민하게 확인해야 하는데 이게 꽤 피곤한 일인 것이다.

공장에서 갓 나와 상처 하나 없이 깨끗하고 빳빳하며 굽힐 줄 모르는 개성 없는 새 돈보다 온갖 꽃밭과 똥밭을 구르느라 닳고 구겨지고 주름졌지만 살아온 세월만큼 많은 이야기를 쌓아온 개성 있는 헌 돈이 뉴욕 카페에선 더욱 환영받는 존재이다.

카페 음악

사장에게 음악 관련 전체 공지 메일이 또 왔다.

"음악은 지정된 공식 스테이션만 틀 것. 개인 계정으로 틀거나 회사 계정에 임의로 스테이션 추가하지 말 것."

매장 내 음악은 판도라라는 음원 추천 및 라디오 서비스만 이용하게 되어 있다. 카페 공식 계정으로 들어가면 사장이 선정해둔 스테이션들이 수십 개 있고 그중에서 마음에 드는 것을 선택해서 틀면 된다. BGM에 그리 민감하지도 않고, 어차피 아는 뮤지션이 많지 않아서 스테이션 선정에 까다롭지 않은 나는 이 정도 선택권이면 충분히 풍성하다고 느낀다. 게다가 선정된 스테이션의 뮤지션들도 (내가 아는 이름은 반의 반도 안 되지만) 에이미 와인하우스, 벡, 비요크, 그라임스, 라디오 헤드, MGMT, 디스클로저, 아바, 제이슨 므라즈, 그린데이, 산티골드 등 장르적으로 풍부하고 내 취향에도 맞아서 아무런 불만이 없다. 그러나 백여 개의 스테이션들도 음악적 감수성이 충만한 20대 바리스타들에겐 턱없이 부족한 모양이다.

이 카페에 첫 출근한 날, 같이 일하게 된 동료 바리스타에게서 받은 첫 질문 중 하나가 "지금 듣고 있는 음악 괜찮아? 싫으면 너 좋은 걸로 바꿔"였다. 솔직히 새벽 6시에 한 첫 출근에 잔뜩 긴장을 한 터라 그때까지 음악이 귀에 들리지도 않았는데 그런 질문을 받아서 상대방이 상당히 세심한 성격이거나 본업이 뮤지션이라 음악에 까다로운 것이라고 생각했다.

그러나 그 이후에도 함께 일하는 이들에게서 일상적으로 그 질문을 받았다. 오히려 "너 오늘 바(=에스프레소 머신 앞)에서 일할래 아님 레지스터(=계산대)에서 일할래?"라는 질문보다 음악 질문을 더 자주 받는다. 음악을 선정할 때 이들은 신중하기 짝이 없다. 그날의 날씨와, 분위기와, 기분과, 기운을 고려하여 자신의 식견을 풀가동해서 신중하게 스테이션을 골라 실내에 음악을 채우고, 일하는 중에도 수시로 음악을 바꾸며 그 순간에 맞는 최적의 음악을 찾아 헤맨다. 그러다 보니 당연히 자신이 선정한 음악에 대한 자부심과 애정이 넘치게 마련이다. 따라서 내게 "지금 음악 괜찮아? 너 듣고 싶은 걸로 바꿔도 돼"라고 말하는 음악존심 넘치는 바리스타 앞에서 그 말을 곧이곧대로 듣고 홀랑 다른 음악으로 바꾸는 짓 따위는 하지 않는 것이 좋다.

바리스타마다 취향도 다양해서, 강렬한 메탈을 선호해서 주구장창 틀어놓는 아이의 경우 카페 손님 중 일부가 "걔가 일할 때 음악 듣는 게 좀 힘들어"라고 털어놓기도 하고, 트렌드에 민감한 아이는 테일러 스위프트나 아델이 신보를 내놓았을 때 신곡을 열 번 이상 반복해서 틀어놓기도 하고, 제3세계 테크노 음악을 좋아한다는 아이는 나도 몰랐던 한국 사이키델릭의 여제 김정미를 좋아한다며 70년대에 나온 그녀의 음반을 틀어놓기도 했다(젊은 손님들이 넘치는 주말의 브루클린 카페에서 김정미, 김추자의 음악을 듣게 될 줄은 정말 몰랐다).

그들은 매장 내 지정 음악의 선정이 답답하고 후지다고 불평하며 회사 계정에 자기가 좋아하는 뮤지션을 추가하기도 하고, 아예 다른 음악 서비스에 자기 계정으로 로그인하여 듣고 싶은 음악을 틀기도 한다. 카페 사장은 그걸 몹시 싫어해서 몇 개월에 한 번씩 전체 메일을 보내 그런 행위를 금지한다고 강하게 주의를 준다. 사장 본인이 직접 직원들의 행동을 규제하는 게 많지도 않고, 전체 메일로 어떤 사안을 공지하는 일은 연중에도 몇 번 없는 일이기에 사장이 이 사안을 꽤 심각하게 생각한다는 것을 짐작할 수 있다. 그럼에도 불구하고 직원들은 자기만의 음악을 트는 일은 좀처럼 멈추지 않는다. 사장에게 음악을 통제하는 것이 심각하고 중요한 사안인 만큼 이들에게도 자신이 듣고 싶은 음악을 듣고 들려주는 것이 양보 불가한 중요 사안인 것이다.

함께 일하는 바리스타 중 나이도 취향도 비슷한 N이 언젠가 내게 말한 적이 있다. "그거 있잖아. 20대 초반까지만 느끼는 그런 거. 음악이 피부 속으로 쭉쭉 스며들어서 머리끝부터 발끝까지 완전히 느끼는 그런 느낌. 이제는 안 느껴지지 않냐?"

내가 나이 들었다는 것을 자꾸 의식하고 인정하며 순응하면 정말로 늙어버린다는 믿음이 있어서 인정하기는 싫었지만 사실이다. 뮤지션의 호흡 하나에 펑펑 울어버리기도 하고, 이어폰에서 들리는 음악에 압도당해 대학로 한복판에 우뚝 서서 곡이 끝나기를 기다리기도 하고, 음반 하나를 백 번도 넘게 반복해서 듣고 또 들으면서도 여전히 좋아서 팔뚝에 소름이 돋아 있던 그 생생한 감촉이 지금은 흔치 않은 소중한 것이 되어버렸다.

그러니 바리스타들이 계속해서 저항하며 좋아하는 음악을 열심히 듣고 들려주길 바란다. 어리고 생생하고 예민한 그 감수성으로 음악을 마음껏 '씹고 뜯고 맛보고 즐기며' 세상이 주는 달콤한 과육을 한껏 누리기를 바란다. 그건 생각보다 유통기한이 짧은 '슈퍼 파워'니까.

날 좀 미워해줘

세상엔 '날 좀 미워해줘'라고 온몸으로 호소하는 사람이 있다. K 할아버지가 그런 사람이다. 그는 처음 카페에 온 날, 작은 사이즈 커피를 사기잔에 달라고 주문했다. 나는 하루에도 수십 번 하듯 컵을 하나 꺼내서 뜨거운 물로 컵 내부를 살짝 헹궈서 데운 후 커피를 담아 카운터에 놓았다. 그랬더니 그는 믿을 수 없이 파렴치한 짓을 목격했다는 듯 고개를 들어 하늘을 향해 눈을 깜박거리며 "지, 지, 지금 대체, 뭐…… 뭘 한 거야?"라고 물었다. 그의 이상한 리액션이 참을 수 없는 분노에 의한 반응인지, 아니면 신체적 장애가 있어서 표현을 잘 못해서인지 구분이 가지 않아서 나는 당황을 숨기고 친절한 말투로 "차가운 컵에 커피를 바로 담으면 커피가 식으면서 맛이 변해서 그래요"라고 설명했다. 그러나 그는 납득을 하기는커녕 더욱 분노하기 시작했다.

"커, 커…… 피가 뜨거우면 마시기가 힘, 힘들잖아! 난 차가운 컵에 다, 담아주는 게 더 좋다고."

뜨거운 걸 잘 못 마시는 손님에겐 커피에 얼음을 한두 조각 넣어주는 것이 흔한 일이어서 "그렇게 해드릴까요" 하고 물었더니 그는 내게서 상욕이라도 들은 것처럼 더욱 심하게 화를 냈다.

나도 슬쩍 화가 치밀어오르기 시작했다. 커피의 미묘한 온도 차를 염두에 두고 커피 컵을 데워주는 것은 바리스타 입장에서도 귀찮은, 일종의 '호의'다. 그러한 의도를 설명하고 대안까지 제시했는데 고마워하기는커녕 화를 낼 건 뭐람. 자신이 바라는 바와 달랐다면 화를 낼 게 아니라 차분하게 설명하면 다시 해줄 텐데 말이다.

나는 굽신 근성 가득한 바리스타니까 내 기분을 티내지 않고 차가운 컵을 하나 새로 꺼내 커피를 다시 담아줬다. 그러나 그는 여전히 분이 풀리지 않은 듯, 내가 자신의 말을 전혀 이해하지 못했다는 듯 짜증과 경멸이 담긴 눈으로 날 노려보며 커피를 받아 갔다.

나의 서비스가 그토록 못마땅했으면 다시 안 오면 될 텐데 K 할아버지는 다음 날 다시 왔다. 이번에도 차가운 컵에 커피를 따라주려고 보니 커피 컵이 미리 데워져 있었다. 그래서 컵을 들고 싱크대로 가서 차가운 물에 한 번 헹궜다. 이 역시 그의 취향을 기억해서 맞춰주려는 호의에 기반한 서비스이지 않은가. 그런데 그는 "지, 지, 지금…… 대체 무슨 짓이야?"라며 화를 내기 시작했다.

"차가운 컵을 좋아하신다기에…… 컵이 이미 따듯해서 식혀준 거예요"라고 말했더니 그의 분노와 짜증은 더욱 불타오르기만 했다. 내가 자신의 외아들을 목 졸라 죽인 원수인 양 노려보면서 "그, 그냥…… 아무 짓도 하지 말고 그냥 커피를 달라고!"라며 내뱉듯이 말했다.

　그 이후로도 그는 어쩐 일인지 날씨가 좋을 때마다 카페에 나타나곤 했다. 동료들에게 물어보니 이미 다른 바리스타 여러 명에게도 나에게와 마찬가지로 패악을 부린 것 같았다. 다들 고개를 저으며 '그냥 불쌍한 늙은이라고 생각하고 해달라는 대로 해주자'는 체념의 태도로 그를 대하고 있었다. 그래서 이제는 그가 들어오면 다들 말없이 차가운 컵을 집어 들고 커피를 따라서 카운터에 올려놓고 최소한의 대화만으로 그를 응대하고 있었다.

　그는 이후에도 커피값을 덜 내려고 수작을 하거나 커피 컵에 원두 가루가 묻었다고 불평을 하거나, 다른 손님과 시비가 붙어 언쟁을 하기도 했지만 이 공간에 익숙해져서 점차 카페의 일부가 되었다(하필 '드로잉 언니'와 나란히 앉았다가 시비가 붙은 날에는 그녀의 인스타그램 만화 속에서 '무례한 카페 손님'으로 전국구 데뷔를 하며 그녀의 팬들에게 욕을 먹기도 했다).

　어딜 가든 좌충우돌하며 시비를 걸고 다니는 그가 내게 처음으로 미소를 보인 것은 본의 아니게 커피값을 깎아준 날이었다. 그가 카운터에 서자마자 빨리 끝내자는 마음으로 급히 커피값을 말한다는 것이 실수로 50센트를 깎아서 말했다. 그러나 그걸 정정하며 추가로 대화하기도 싫고 괜한 시비를 만들고 싶지 않아 가만히 있었더니 그의 얼굴에서 이상한 현상이 나타나기 시작했다.

갑자기 눈이 둥그레지며 지갑에서 고개를 들어 나를 바라보더니 만면에 미소가 번졌다. 이윽고 "이히히히히히히!" 하는 기이한 웃음으로 넘치는 기쁨을 표현하는 것이다. 그는 세상 행복한 표정으로 커피를 받아 들고는 후하게 팁을 놓고 자리로 갔다. 예상치 못한 반응에 허가 찔린 나는 '내가 지금 뭘 본 거지?' 싶어 혼란스러웠다.

이후로도 커피값을 놓고 몇 번 더 옥신각신을 하긴 했지만 어쨌든 긴 기간에 걸쳐 우리는 평화로운 지점에 도달했다. 그의 귀가 잘 들리지 않는 탓도 있지만 괜스레 대화가 길어지면 시비가 붙거나 오해만 깊어지기 때문에 대화는 다정하고도 짧게 유지하고 있다. 마치 1학년 국어 교과서에 등장하는 철수와 영희처럼 "안녕, 미연? 잘 지내니?" "안녕, K? 난 잘 지내요. 당신도 잘 지내요?" "응. 나도 잘 지내"라는 건전한 대화를 나누며 차가운 컵에 담은 뜨거운 커피를 건넨다. 주로 해가 잘 드는 자리나 아예 바깥 벤치에 앉아서 커피를 다 마시고 나면 K는 컵을 반납하는 곳에 놓고는 굳이 내가 서 있는 쪽으로 다가와서 "안녕, 미연. 좋은 하루 보내" 하며 인사를 한다. 그러면 나는 "안녕, K도 좋은 하루 보내요"라며 응답한다.

때때로 그는 한층 더 나아가 나의 화장이나 입고 있는 옷을 칭찬하며 예의 그 '이히히히히히' 하는 웃음을 더하기도 하고, 다 쓴 컵을 단순히 반납하기만 하는 게 아니라 싱크대 안에 직접 넣어놓고는 날 향해 '나 잘했지?' 하는 귀여운 미소를 보내기도 한다.

긴 시간 동안 그는 내게 '저 사람은 어떤 삶을 살았기에 저토록 자신을 미워해달라고 온몸으로 호소하는 걸까'라는 의문을 갖게 했다. 대부분의 사람들이 사랑받기 위해 노력하는 동안 그는 왜 미움을 받기 위해 노력하는 걸까. 그리고 고슴도치처럼 삐죽삐죽한 가시 갑옷을 온몸에 둘렀다면 되도록 타인에게서 거리를 두는 것이 편할 텐데 왜 굳이 다른 이에게 다가가서 온몸으로 부딪치며 남에게도, 자신에게도 상처를 입히는 것일까.

K에 대해 조금이라도 이해를 하면 그간 내 삶을 스쳐 지나간 비슷한 부류의 몇 사람을 조금 더 이해하게 되지 않을까 싶었다. 단순한 측은지심이나 연민을 보내는 것을 넘어 그들을 이해하고 싶었다. 그러나 내가 충분히 고민하고 연구하여 이해에 도달하기도 전에 K가 태도를 바꾸어 '사랑해줘' 하는 귀염둥이가 되어버렸으니 곤란한 일이다.

내 얘기 좀 들어줘

카페에는 주기적으로 교체되는 붙박이 손님들이 있다. 그들은 주로 노트북 전원을 연결할 수 있는 멀티탭 주변에 서식하고, 한번 자리를 잡으면 적게는 한두 시간에서 많게는 예닐곱 시간씩 앉아서 노트북 화면을 들여다본다. 그중에서도 필수 요소처럼 꼭 한 명씩 있는 부류가 IT 업계에서 일하는 긱Geek 청년들이다.

이들은 레귤러 커피나 아이스 커피를 블랙으로 시켜서 테이블 위에 올려놓고는 컴퓨터 화면에 도무지 의미를 알 수 없는 숫자나 코드를 잔뜩 띄워놓은 채로 일한다. 대개 사교성이 없어서 거의 매일 보는 바리스타와 이야기는커녕 인사를 주고받는 경우도 드물다. 심지어 내가 먼저 인사를 건네서 빤히 눈이 마주쳤는데도 고개를 돌리고 무시하기도 한다. 처음에는 '나한테 뭐 화난 거 있나?' 싶어 상처를 받았지만 이제는 '그 부류구나' 하고 납득하고 만다.

T도 그런 긱 청년 중 하나였다. 그와 어떻게 대화를 텄는지 정확히 기억나진 않는다. 아마도 서로의 얼굴이 친숙해질 대로 친숙해진 다음에 뜬금없이 그가 다가왔던 것 같다. 수학을 전공한 T는 남들이 학사 과정에 있을 나이에 이미 학생을

가르치기 시작했고, 지금은 전 세계 젊은이들이 선망하는 굴지의 IT 기업에서 일하고 있다. 이제 겨우 20대 중후반밖에 되지 않았는데 벌써 자기 회사에 지원하는 이들의 실력을 테스트하는 데 동원되는 것을 봐서 사내에서 실력으로도 인정받고 있는 것 같았다. 그런 그가, 수학이라면 치를 떠는 전형적인 문과생이자 평범하기 짝이 없는 두뇌를 가진 나에게 와서, 어쩌다 시시콜콜한 자기 이야기를 하기 시작했는지 모를 일이다.

어쨌든 그는 언젠가부터 카페에 올 때마다 카운터 앞에 서서 한참을 이야기하기 시작했다. 우리의 대화는 꽤나 일방적이다. 샤워기 꼭지에서 쏴아아아 하고 물이 터져 나오듯, 그의 말은 언제나 폭발적으로 시작되고, 빠른 속도로 콸콸 흘러내린다. 말이 생각의 속도를 따라가지 못하는 조바심이 지근지근 느껴지고, 의식의 흐름에 따라 프리스타일로 화제가 전환되다 보니 주제와 주제 사이에 공백 따위는 없다.

안 그래도 영어 듣기 실력이 형편없는 나는 그가 말을 시작하면 '어어어, 시작한다'라며 바싹 긴장을 하고, 그가 말을 하는 동안엔 '어푸, 어푸' 하며 정신을 못 차리기 일쑤고, 간신히 맞장구칠 타이밍을 찾아서 한마디 던지면 "그 얘긴 아까 끝났잖아. 이건 딴 얘기야"라는 핀잔을 듣곤 한다. 그의 말투가 잘 그려지지 않는다면, 영화 〈소셜 네트워크〉의 첫 장면에서 클럽에서 만난 여자를 망연자실하게 만드는 마크 저커버그를 떠올리면 된다. 조금 코믹한 버전으로는 시트콤 〈빅뱅 이론〉

의 첫 화에 등장하는 셸던을 떠올리면 되겠다.

어쨌든 이 비상한 청년이 나는 왠지 동생처럼 느껴져서 감싸주고 싶었다. 비록 그와의 대화에서 나는 일방적인 청자에 불과하고, 그는 자기 이야기를 들어줄 '아무나'가 필요했을 뿐이지만, 기꺼이 그 역할을 해줄 마음이 들었다. 그래서 불쑥불쑥 찾아와서 그가 늘어놓는 저녁 메뉴 이야기와 오늘 면접 본 지원자 이야기, 소개팅에 나가서 만난 여자 이야기, 수용 인원 초과 문제로 자꾸만 휴관하는 체육관 이야기, 곧 참석할 친구의 결혼식 이야기, 결혼식에 입고 갈 턱시도 이야기 등을 기꺼이 들어주었다.

그와 내가 한 단계 더 가까워진 것은 트럼프가 대통령으로 당선된 무렵이었다. 이 믿을 수 없는 사건으로 인해 반反트럼프 정서가 강한 뉴욕의 많은 사람이 깊은 충격과 공포, 우울을 겪고 있었다. 카페의 단골손님인 정신과 의사가 트럼프의 대통령 당선 이후로 손님이 늘었다는 이야기를 우스갯소리처럼 했는데, 우리의 긱 청년 T가 바로 그런 사람 중 하나였다. 대통령 선거 이후로 우울증이 너무 심해져서 약에 기대도 여전히 잠을 잘 자지 못한다고 했다. 그 무렵에 지방의 부모님 댁에 다녀왔는데, 암을 앓고 있는 어머니와 그 어머니를 걱정하는 가족들 속에서, 자신의 정신적 고통에 대해 이야기할 수도 없고, 방에 틀어박혀 혼자만의 시간을 가질 수도 없어서 힘들었다고 하소연했다.

이후 트럼프는 그의 우울 증세에 도움이 되지 않는 과감한 행보를 계속했다. 게다가 하필 그가 '트래블 밴Travel Van'을 발효시켜 미국에 입출국하는 모든 외국인이 초긴장했던 그 순간에 내가 잠시 해외에 나갈 일이 생겼고, 그 소식은 T를 패닉하게 만들었다. 내가 출국하기 전날 밤에 문 닫은 카페에 와서는 미국에 무사히 돌아올 수 있게 만반의 준비를 했는지, 내 변호사와 상의는 했는지, 입출국 관련 서류는 꼼꼼히 챙겼는지 체크를 하고는, 현지에 도착하면 무사히 도착했다고 문자라도 보내라고 꼭꼭 다짐을 시켰다. 내가 걱정하지 말라고, 한국은 우방국이니 별문제 없을 거라고 달래도 T는 엄마를 멀리 떠나보내는 어린아이처럼 울상을 하고 있다가 팔을 벌리며 말했다.

"허그?"

"그래."

물론 나는 무사히 돌아왔다. 입출국 절차가 강화된 덕분에 몇 가지 불쾌한 순간이 있었지만 어쨌든 별일 없이 복귀할 수 있었고 JFK 공항에서 집으로 오는 차 안에서 "나 잘 돌아왔어. 이제 걱정 마"라고 T를 안심시켜야 했다.

T와 나의 이야기가 이렇게 아름답고 따스한 균형을 이룬 채로 끝나면 참 좋으련만, 안타깝게도 사람 사이라는 게 월간 《좋은생각》처럼 그리 아름답지만은 않다.

T는 꾸준히 자기 이야기를 하러 카페에 들렀고, 커피를 마시거나 일을 하러 오는 것이 아니라 순전히 내게 이야기를 하고 싶어서 오는 날이 점점 많아졌다. 하지만 나는 끊임없이

들어오는 손님의 주문을 받고 커피를 만드느라 그의 말을 듣는 중에도 30초에 한 번씩 "미안"하며 그를 중단시켜야 했다. 그때마다 말을 끊을 타이밍을 엿보는 것도, 기다리던 손님과 T, 양쪽에 미안해하는 것도 여간 성가신 일이 아니었다. 자기도 말이 자꾸 끊기는 것이 싫었는지 나중에는 손님이 거의 없는 폐점시간 직전에 오기 시작했다.

　손님에게 방해받지 않는 것은 좋은데, 한시바삐 몸을 놀려 마감을 하고 집에 가야 하는 시간에 그의 이야기를 듣고 있자면 '아, 또 퇴근이 늦어지겠구나'라는 생각에 마음이 급해진다. 저녁 8시에 카페 문을 닫고 마감 업무를 마치면 보통 9시. 집에 가서 씻고 나면 10시. 그제야 저녁을 해놓은 채로 나를 기다리던 남편과 늦은 식사를 한다. 그런데 T의 이야기를 30분 동안 들으면 그 늦은 저녁 식사 시간이 30분 혹은 그 이상으로 늦어진다.

　게다가 여덟아홉 시간을 서서 일하고 백 명이 넘는 손님을 상대하고 나면 너무 지쳐서 그 누구의 이야기도 듣고 싶지 않다. 빨리 집에 가서 이 땀에 젖은 옷을 벗어 던지고 샤워를 한 뒤 포근한 면 잠옷을 입은 채 늘어져서 쉬고 싶을 뿐이다. 뿐만 아니라 그의 대화 속도를 따라가는 것은 여간 에너지가 드는 일이 아니다. 가뜩이나 모국어가 아니라 힘이 더 드는데 그의 프리스타일 화법을 따라가려면 온몸의 신경을 곤두세워 집중해야만 한다. 하루를 마칠 무렵의 나에겐 그런 에너지가 남아 있지 않다.

하지만 나를 보겠다고 굳이 찾아온 이를 어떻게 내쫓나. "지금 이 세상에서 내가 대화하고 싶은 사람이 너밖에 없었어"라며 찾아온 아이를 어떻게 야박하게 돌려보내나. 나는 좋은 사람, 누구든 너른 가슴으로 품어주는 사람, 상처받은 짐승들이 비를 피하며 쉬고 가는 안식처 같은 사람이고 싶은걸.

그러나 내 깜냥 이상으로 좋은 사람인 척, 억지로 애를 쓰니 마음이 더 뒤틀리기만 했다. 너는 사실 그냥 네 이야기를 들어줄 사람이 필요한 거잖아. 내가 어떤 사람인지, 내 삶이 어떤지 전혀 관심도 없잖아. 난 심리상담가가 베풀 만한 서비스를 네게 무상으로 베풀고 있을 뿐이잖아. 네가 나라는 사람을 조금이라도 이해했다면, 그리고 나를 조금이라도 배려했다면 이렇게 늦은 시간에, 이렇게 지친 내게, 네 이야기를 30분씩이나 할 수 있었을까? 여덟 시간째 공복으로 일한 내 앞에서 저녁으로 먹은 맛있는 피자 이야기를 할 수 있었을까?

카페 문을 닫고 있는데 그가 들어서는 것이 슬슬 반갑지 않았다. 아니, 반갑지 않기를 넘어서 화가 나기 시작했다. 그리고 그런 나 자신이 부끄럽고 미안해서 그를 다정하게 맞이하려다가 다시 화가 나기를 반복했다. 언제까지 그가 올 때마다 퇴근 시간을 늦출 순 없었다. 혹시라도 업무 중에 친구와 잡담을 하면서 그 시간치 시급을 받아 간다는 오해를 받을까봐 걱정되기도 했다.

그래서 T가 내게 자기 이야기를 쏟아내는 동안 나는 그의 이야기를 흘려들으며 멈추지 않고 일을 했다. 온몸의 촉수를 곤두세우고 집중해서 들어도 따라갈까 말까 한 이야기이니 당연히 잘못 알아듣고 엉뚱하게 반응하는 일이 늘었고, 그때마다 그는 "아니, 그 얘기가 아니고!"라며 짜증을 냈다.

그러다 어느 순간 그의 말이 잦아들었다. 그는 카운터 끝자락에 서서 열심히 청소하고 있는 나를 우두커니 바라보고 있었다. 잠시 후 T는 "갈게"라고 말하곤 휙 나가버렸다.

집에 가는 버스 안에서 참담하고 속상했다. 나는 잘못한 게 없다. 내겐 그의 넋두리를 들어줄 의무가 없었고, 오히려 듣지 않아야 할 이유가 훨씬 많았다. 그런데도 치졸한 악당이 된 기분이었다. 내가 내 것을 지키자고, 남을 다치게 했다. 나는 정당한데, 정당함이 죄책감을 지워주진 못했다. 그까짓 이야기 좀 들어줄걸. 아니면 최소한 내 사정을 설명하고 이해라도 구할걸.

다시 오면 최대한 다정하게 이야기를 들어주려고 했는데, 그 후 T가 카페를 찾는 일은 점점 드물어지다가 완전히 발길이 끊겼다. 지금 사는 집의 계약이 다 돼서 맨해튼으로 이사 갈 수도 있다고 하더니 정말 가버렸나 보다. 그렇게 T는 그대로 내 마음속에 박힌 까끌까끌한 가시가 되어버렸다. 시간이 많이 지난 지금은 가시가 깊숙이 들어가 내 일부가 되어버렸지만, 가끔 잊고 있던 그 부분을 건드리면 따끔하고 아픈 마음이 되살아나곤 한다.

퇴근길 냄새

자전거를 타고 출퇴근하면 얻는 것들이 여러 가지 있다. 평소에는 절대로 하지 않는—하지만 해야 한다고 매일 열다섯 번쯤 생각하는—유산소 운동과 무산소 운동이 모두 되는 것은 물론, 편도에 2.75달러나 하는 비싼 교통비를 아낄 수 있다. 값싼 자전거이지만 자꾸 사용함으로써 뽕을 뺐다는 만족감과, 내 구매가 부끄럽지 않게 정기적으로 사용하고 있다는 '구매 합리화'도 할 수 있다.

거기에 또 하나의 선물이 있는데 바로 냄새다. 일 년 넘게 같은 루트로 자전거를 타고 다니다 보면 전철이나 버스를 타고 다녀서는 절대 알 수 없는 미묘한 냄새들을 느끼게 된다. 우선 금요일 밤 퇴근길은 고기 굽는 냄새가 폭발적으로 뒤덮는다. 주말 저녁이면 삼겹살과 갈비 냄새가 거리를 뒤덮는 건 한국만의 풍경인 줄 알았는데 이곳도 마찬가지다. 어찌나 다들 지글지글 굽고 있는지 온 거리에 양념한 소고기와 돼지고기, 닭고기 냄새가 숯불 냄새에 섞여 진동한다.

그린우드 묘지 옆을 지날 때엔 공기가 휙 변한다. 묘지라고는 하지만 잘 가꿔진 숲과 잔디밭, 호수 등이 있어 공원이라 해도 좋을 만한 공간인데 몇십 개의 블럭을 덮을 정도로 거대한 규모로 자리하고 있다. 덕분에 넓은 녹지에서 뿜어져 나오는 싱그러운 풀 냄새, 나무 냄새가 그 곁을 지나는 사람을 기분 좋은 해일처럼 감싼다. 뿐만 아니라 식물의 증산 작용 덕분에 주변 온도가 눈에 띄게 내려가서 길을 달리다 보면 갑자기 서늘한 기운이 몸으로 느껴져 묘지 옆을 지나고 있다는 것을 알아챌 수 있을 정도이다. 이 서늘한 기운이 식물 탓이 아니라 묘지를 배회하는 혼령들 탓이 아닐까 하는 생각이 들기도 하지만 그러거나 말거나 '그린우드 존'을 지날 때면 최대한 콧구멍과 땀구멍을 열어 청량한 기운을 온몸으로 흡수하고 도시의 독소를 두고 가려고 노력한다.

묘지가 끝날 무렵부터는 너무 오르막길이라 핸들을 오른쪽으로 꺾어서 고가도로가 있는 3번가로 돌아서 간다. 고가도로의 한편에는 오래전부터 있었던 성인용품숍이나 자동차 정비소, 철공소 등이 있고 반대편에는 거대 인더스트리 컴플렉스가 조성되어 있다. 이전 세대에 공장, 창고로 사용되다 버려진 건물 단지가 어느 부동산 개발자에 의해 세련된 제조, 사무 공간으로 탈바꿈하여 소위 '힙한' 회사들, 즉 수제 초콜릿, 고급 정육, 디자이너 가구, 인테리어 디자인, 크래프트 양조 등을 하는 회사들이 입주한 것이다.

이 상반된 두 지역의 경계선을 자전거로 가로지르면 어디선가 홍차 향이 섞인 달콤한 사탕 냄새가 풍겨 온다. 서쪽의 인더스트리 컴플렉스에서 만들어져 고급 식료품점이나 세련된 카페에서 비싸게 팔리는 사탕의 냄새인지, 동쪽의 허름한 성인용품숍에서 손님을 끌기 위해 거리에 뿌리는 방향제 냄새인지 알쏭달쏭해하며 지나가는 미스터리 구간이다. 하필이면 성인용품숍의 이름이 '캔디랜드'여서 한동안 그곳이 발원지라고 확신했었지만 결국 궁금증을 참지 못하고 자전거에서 내려 캔디랜드의 문 앞에 가서 코를 킁킁댄 결과 발원지는 서쪽의 사탕 공장이라는 것을 발견했다.

그렇게 밤길을 20분 넘게 달려 가쁘게 숨을 몰아쉴 즘이면 언제나 같은 냄새가 나는 우리 집이 '왔어?' 하며 문을 열어 준다.

어제, 작은 그러나 임팩트 있는 부상을 당했다. 비닐 포장을 뜯어 일회용 컵의 뚜껑을 채워 넣는 것은 하루에도 최소 네댓 번, 많게는 열 번 이상 하는 익숙한 일이다. 어제도 손님의 주문을 받으면서 동시에 손으로는 뚜껑을 채워 넣으려고 익숙하게 비닐 케이스 안에 검지손가락을 집어넣었는데 하필 아이스컵 뚜껑 한가운데에 십자 모양으로 난 빨대 구멍에 내 손가락이 들어갔고, 또 하필 십자의 날카로운 모서리 중 하나가 손톱과 피부 사이를 깊숙하게 파고들었다.

　순간적으로 머리가 하얘지며 "앗!" 소리를 내고 손가락을 꺼내 봤더니 이미 피가 커다랗게 방울져 흘러내리기 직전이었다. 다행히 구급상자가 가까이에 있어서 바로 소독약과 연고, 반창고를 꺼냈더니 앞에서 멍하니 메뉴를 보고 있던 손님이 잽싸게 다가와서 피를 닦고 연고를 바르고 반창고를 붙이는 것을 도와줬다. 피가 많이 나서 연고의 입구도 피투성이가 되고 반창고도 다시 붙이느라 거부감이 들었을 텐데도 침착하고 재빠른 손놀림으로 도와줘서 어찌나 고마웠는지 모른다.

　어쨌든 오른손 검지손가락을 반창고로 감고 다시 일을 시작했는데 처음에는 그리 아프지 않았지만 시간이 지날수록 손끝에 불이 난 것처럼 열이 올랐다. 통증이 점차 손가락을 타고 올라와서 스치기만 해도 아팠고 나중에는 가만히 있는 순간에도 손가락이 웅웅거리는 통증을 신호처럼 보내며 존재감을 표해왔다. 덕분에 손을 쓰는 거의 모든 활동에 오른손 검지가 개입한다는 것을 깨달았다. 손을 씻는 것은 물론, 설거지도, 칼질도, 컵을 집어 드는 것도, 연필을 쥐는 것도, 돈을 세는 것도, 휴대폰에 문자를 쓰는 것도 모두 검지의 개입을 필요로 했다. 자판에 글자를 입력하는 지금 이 순간에도 검지 대신 중지를 사용하려고 노력하지만 도저히 거리나 각도상 중지가 닿지 못할 땐 반창고를 칭칭 두른 검지의 가장 부드러운 부분으로 버튼을 살짝 누르곤 속으로 '아야' 하며 검지의 불평을 감내하고 있다.

1.5미터가 넘는 몸이 1센티미터도 안 되는 상처에 지배받는 것은 재미난 일이다. 지금 이 글에도 두 단어에 하나씩 '아야'가 숨어 있다. 아침에 낀 고무장갑에도, 그걸 끼고 씻은 그릇들에도, 비누에도, 휴지에도, 로션에도, 커피잔에도 모두 희미한 '아야'가 붙어 있다. 가히 검지의 지배라 할 만하다.

보랏빛 그녀

그녀에게선 짙은 보라색 향기가 난다. 그녀가 처음 카페에 온
건 어느 쌀쌀한 겨울이었다.

카페 앞에 세워놓는 시옷 자字 모양의 샌드위치 보드에
바리스타 중 한 명이 위트 있는 농담을 한다고 '오늘의 수프=
커피'라는 문구를 적어놓았다. 하지만 이 농담을 이해하지 못
한 가여운 손님들이 들어와서 "수프 주세요" 하는 경우가 종
종 있었다. 왠지 모르지만 그렇게 들어오는 손님들은 전부 연
세가 있는 아주머니나 할머니들이었고, 설명을 해주면 자신이
농담을 이해하지 못했다는 것이 무안했는지 아무렇지 않은
척 커피라도 주문하곤 했다.

C 역시 그렇게 들어와서 "수프 주세요"를 한 후 무안을
감추며 커피를 주문한 손님 중 하나였다. 잔에 커피를 따르며
슬쩍 보니 보통 스타일리시한 사람이 아니었다. 몸을 여유 있
게 감싸는 루즈한 핏의 옷과 소품들은 어느 하나 평범한 것이
없었는데도 전체적으로 완벽하게 조화를 이루고 있었다. 아
이템 하나하나가 생전 처음 보는 과감한 디자인이면서도 단
순히 특이함에서 그치는 것이 아니라 완결성 있는 아름다움
을 지녔고 최소 환갑은 넘었을 그녀의 성숙하고 고상한 분위

기에 잘 어울렸다. 메이크업 역시 과감하면서도 지나치지 않았는데 무엇보다도 그녀의 입술색은 무어라 말할 수 없는 오묘한 컬러였다. 보라와 자주와 청색과 회색이 슬쩍슬쩍 보여서 무슨 색이라고 콕 집어 말할 수 없었다. 립 컬러가 예쁘다고 말하자 그녀는 익숙하다는 듯 살풋 웃음 지으며 우아하게 말했다. "립스틱 두 개와 립펜슬 세 개로 만든 컬러예요."

그녀가 커피잔을 들고 테이블에 앉아 「뉴욕 타임스」를 읽는 동안 실내는 낯설고 고혹적인 향기로 가득 찼다. 요즘 뉴욕의 젊은이들이 좋아하는 트렌디한 향수처럼 우드와 가죽, 스파이스 계열의 향이면서도 고전적인 향수의 플로럴한 향도 섞여 있어 이 역시 립스틱과 마찬가지로 어떤 냄새라고 콕 집어서 말하기 어려웠다. 커피를 다 마신 그녀가 떠난 후에도 한동안 그 향기가 은은하게 공간에 감돌았다.

그 후로 C는 몇 주에 한 번씩 카페에 들르기 시작했고 그때마다 나는 그녀의 패션 감각에 탄복하며 칭찬하곤 했다.

그러던 어느 날 그녀는 내 칭찬에 보답이라도 해야겠다는 듯 내게 물었다. "내 푸시 카드 하나 줄까요?" 'Pussy'라는 단어가 여성의 성기를 칭하기도 하지만 그 외에도 여러 가지 뜻이 있기 때문에 반쯤 혼란스러워하며 좋다고 했더니 그녀는 정말로 엽서 크기의 종이에 패브릭과 페인트 등으로 그려진 큼지막한 여자 성기 그림을 내게 내밀었다. 당황을 감추며 고맙다고 하자 이번엔 한술 더 떠서 "그럼 다음엔 내 푸시 햇 hat을 줄 테니 쓰고 다닐래요?"라고 묻는 것이다. 차마 거절할 용기가 나지 않아 "그…… 그럼요. 좋죠. 하하하" 하고 대답했더니 몹시 기뻐하며 가방에서 자신의 다른 작품들을 꺼내서 보여주기 시작했다.

알고 보니 그녀는 여성의 섹슈얼리티를 주제로 작업하는 아티스트고 맨해튼 어퍼이스트사이드에 사는데 브루클린에 있는 대형 창고형 미술용품점에서 재료를 사느라 종종 먼 나들이를 한다고 했다. 그녀의 이름을 구글에 검색해보니 각종 예술 관련 행사에 참석자로 사진이 찍히거나 이름이 언급되어 있었고, 다른 한편으론 스트리트 패션 사진가에게 포착되어 패션 관련 포스팅에 등장했다. 예상대로 그녀가 두르고 다니는 패션 아이템들은 입생로랑이나 구찌, 베르사체 같은 클래식한 디자이너의 제품과 드리스 반 노튼, 와타나베 준야 등 현대적인 디자이너의 제품에 더해 이름 모를 빈티지, 그리고 자신이 직접 만든 소품들의 조합이었다.

그렇게 그녀는 몇 주에 한 번씩 미술 재료를 담은 쇼핑백과 함께 나타나 옷이나 작품, 전시 등에 대해 이야기를 하며 나의 오후를 우아하고 중독적인 보랏빛 향기로 물들이고 돌아가곤 했다. 그녀가 푸시 햇을 들고 나타나면 정말로 머리에 적나라한 그림을 달고 커피를 만들어야 하나 걱정을 했는데 그녀는 푸시 햇 대신 나로서는 엄두도 내지 못할 디자이너 옷을 들고 와서 종종 선물이라며 내밀었다.

내가 한 것은 커피를 만들어 건넨 것밖에 없는데, 이토록 매력적인 사람들이 내 삶에 들어와 일부가 되는 것도 모자라 그들의 호의까지 입고 있으니 과분함에 몸 둘 바를 모르겠다.

청년 혹은 소년

싱크대에서 설거지를 하다 뒤돌아보니 작달만한 키의 그가 미소를 지으며 서 있었다. 아메리칸 인디언인지 히스패닉인지 동남아시아 사람인지 구분이 되지 않는 생김새의 그는 소년인지 청년인지 애매한 얼굴에 어깨를 넘는 검은 생머리를 하고 있었다. 알록달록한 실로 짜인 두꺼운 직물로 된 그의 옷은 어딘가의 전통의상처럼 보였는데 하의가 치마로 되어 있어 더욱 중성적으로 보였다.

"방해해서 미안한데 전단지 놓을 곳이 있을까요?" 외모만큼이나 묘한 목소리로 그가 상냥하게 물었다. 카페 안쪽에 있는 책장 선반 위에 전단지를 놓고 가도 된다고 하자 그는 흥흥 콧노래를 부르며 책장 옆면에 전단지를 붙이기 시작했다.

"저, 저기요." 내가 말하자 그는 "아, 이렇게는 안 되는 거예요? 미안해요"라고 대답하더니 당황하거나 민망해하는 기색 없이 또다시 흥흥 콧노래를 부르며 전단지를 떼어 책장의 빈칸에 올려놓았다. 전단지에는 비슷한 의상을 입은 그의 전신 사진과 타운하우스 사진 밑으로 "고급 주택을 관리했던 노하우로 당신의 집을 청소해드립니다"라는 문구가 쓰여 있었고 구체적으로 어떻게 집을 청소하는지에 대한 설명과 함께 전화번호가 달려 있었다.

"고마워요." 소년인지 청년인지 모를 그는 나른하고 상냥한 미소를 싱긋 짓고는 여유 있는 걸음걸이로 카페를 떠났다.

빨간 베레모의 여자

토요일 오후 카페는 부산했다. 모처럼 쨍하게 하늘이 개었고 새파란 하늘에서 바싹 마른 차가운 햇살이 쏟아져 내렸다. 거리는 손을 잡고 걷는 연인들과, 삼삼오오 몰려다니는 젊은이들, 유모차를 끌고 가는 젊은 부부, 여유롭게 산책하는 중장년, 개를 산책시키는 사람들로 가득했고 그들의 손에 필수품처럼 들린 테이크아웃 커피를 공급하기 위해 바리스타는 쉴 새 없이 프렌치 프레스를 누르고, 에스프레소 원두를 갈고, 우유를 스팀했다.

그리고 빨간 베레모를 쓴 그녀가 들어섰다. 낡고 컬러풀한 옷을 입은 그녀는 햇빛을 감안하더라도 이 기온에는 좀 춥지 않을까 싶은 옷을 걸치고 있었다. 가슴만 간신히 가리는 짤막한 튜브탑 위로 핏기 하나 없는 새하얀 피부가 드러나 있었고 살점이 없어서 거의 가죽처럼 보이는 피부 밑으로 쇄골뿐만 아니라 늑골까지 울퉁불퉁하게 드러나 있었다. 하의도 미니스커트를 하나 걸쳤을 뿐이라 제법 쌀쌀한지 그녀는 자꾸만 흘러내리는 헐렁한 카디건을 추켜올리며 어깨를 감싸려고 애썼다. 제법 스타일리시한 차림새인데도 각각의 아이템이 너무 낡아서인지, 아니면 미묘하게 시기에 어긋난 차림새라 그런지 남루한 인상을 지울 수 없었다.

　이전에도 몇 번 그러했듯 그녀는 카페에 들어서자마자 할인하는 제과부터 찾았다. 오후 4시부터는 그날치 남은 제과류를 1달러로 할인하는 파격 세일을 하기 때문에 많은 이들이 3시 55분부터 몰려들어 경쟁하듯 크루아상이며, 도넛, 머핀 등을 사 가곤 한다. 그녀 역시 몇 번 경쟁에 성공하여 1달러짜리 빵이나 과자를 사 간 적이 있었는데 언제부턴가 다른 동네에 살게 되었다며 나타나지 않았었다. 이사를 간 거냐는 질문에 애매한 미소를 지으며 "음, 그렇다기보단, 요즘 같이 지내고 있는 사람이 다른 동네에 살아서"라고 말을 흐렸다. 이 동네에 살 때에도 '내가 요즘 같이 지내고 있는 사람에게 사다줄 빵'을 고른다고 말했었는데 함께 지내는 사람이 주기적으로 바뀌고 그에 따라 사는 곳이 바뀌는 모양이다.

　오랜만에 나타난 그녀는 여전히 건강치 못한 안색에 불안과 피로를 꼭꼭 채워 담은 눈빛으로 말했다.

　"1달러짜리는 다 팔렸어요?"

　일찌감치 다 팔렸다는 말에 그녀는 미간을 찌푸리며 엄지손톱을 깨물었다. 나는 미안해하며 오랜만인데 그간 잘 지냈냐고 묻자 그녀는 최악이라고, 인생이 엉망진창이라고 답했다. 손톱을 깨물며 잠시 생각하더니 아이스 커피와 할인이 적용되지 않는 다른 제과류를 시켰다. 그리고 계산하기 위해 가방을 주섬주섬 뒤지기 시작했다.

　"아, 제발…… 내가 설마 지갑까지 안 가지고 온 건 아니겠지? 설마…… 그럴 리가 없는데. 젠장, 진짜 최악이다. 지갑까지 안 가지고 나온 거야? 내 인생은 도대체 왜 이따위야."

그녀는 그렇게 중얼거리며 한참 동안 가방을 뒤적뒤적했고 나는 그녀에게 걱정 말고 천천히 찾으라고 하곤 어느덧 길게 늘어선 다음 손님들을 상대했다. 한참 후 그녀는 정말로 지갑을 놓고 온 것 같다며 내 눈을 길게 들여다보았다. 아이스커피와 빵을 무료로 내주기를 바라는 것 같았지만 이것이 그녀의 수법인지 진심인지 확신이 가지 않았다. 그리고 사장의 허락도 없이 그런 호의를 베풀기엔 그녀와 그렇게 가까운 사이도 아니었다.

그녀와 내가 서로를 난처한 표정으로 응시하는 사이에도 계속해서 새로운 손님들이 들어섰다. 그녀는 문득 생각났다는 듯 근처 은행에서 돈을 찾아오겠다고, 신분증이 있으니까 돈을 출금할 방법이 있을 거라며 뛰어나갔다. 그녀가 두고 간 아이스 커피 속의 얼음이 녹아 커피가 묽어지고 플라스틱 컵 겉면에 송골송골 맺힌 물방울이 흘러내려 카운터에 흥건하게 고였을 즈음, 커피는 싱크대에 버려지고 빵은 다시 진열대로 돌아갔다.

카페가 위치한 동네는 어린 자녀를 키우는 뉴욕의 젊은 부부들이 선호하는 곳으로 유명하다. 맨해튼과는 지하철로 한두 정거장 거리여서 출퇴근이 용이하면서도 집값은 상대적으로 저렴하다. 저렴하다고는 해도 어디까지나 맨해튼에 비해 저렴하다는 뜻이지 여전히 '비싼 동네'에 속한다.

거주민의 상당수가 전문직에 종사하는 30~40대로, 가족 단위의 안정된 삶을 사는 이들이다. 들고 나는 사람이 많은 맨해튼에 비해 조용하고 안정적인 환경 탓에 치안이 좋고 커뮤니티 문화가 발달해 있다. 사방에 어린이집과 놀이터, 학교가 있으며 아동 친화적인 환경이다. 동쪽으로는 '브루클린의 센트럴 파크'라고 볼 수 있는 거대한 규모의 프로스펙트 파크가 있으니 아이 있는 젊은 커플이 둥지를 틀기에 이상적인 환경일 것이다.

영화 〈인턴〉의 배경이 바로 이곳이었는데 극 중의 앤 헤서웨이처럼 성공적인 스타트업의 젊은 CEO가 남편과 아이를 데리고 모던하게 리노베이션한 고풍스러운 주택에 사는 것이 동네의 이미지 중 하나이다. 비슷한 맥락에서 '스트리트 이지 Street Easy'라는 부동산 직거래 웹사이트는 이 동네를 이렇게 묘사하고 있다.

고풍스러운 주택 + 반려동물 가능 + 자녀 - 사립학교 학비
+ 온가족 후리스 차림 = ○○○ 동네 당첨!

어린아이들이 넘쳐나는 동네 카페이다 보니 당연히 손님의 상당수가 아이와 함께 오는 부모들이고, 바리스타의 삶도 그에 크게 영향을 받는다. 평일 아침이면 아이를 어린이집에 데려다주는 부모의 물결이 이어지고 오후 서너 시경에는 그 아이를 픽업하는 아빠, 엄마, 육아 도우미의 물결이 이어진다. 주말 아침이면 평일에 아이와 많은 시간을 보내지 못한 아빠들이 아이를 데리고 와서 카푸치노와 어린이 카푸치노(에스프레소 샷을 뺀, 그냥 데운 우유)나 핫초코를 테이블에 놓고 마주 앉아 마신다. 카페의 문은 유모차를 끌고 들어오기 용이하게 문턱이 낮고 문이 열린 채로 고정될 수 있어야 하고, 매장 내 음악은 아이들이 듣기에 민망한 비속어가 나오지 않게 신경을 써야 한다. 카페 화장실은 손님 전용이지만 비상사태를 맞이한 어린아이나 임산부에게는 언제나 관대하게 열려 있다.

나로 말할 것 같으면 아이들과는 늘 데면데면한 편이었는데 카페에서 일하면서 아이를 대하는 스킬이 200퍼센트쯤 상승했다. 일하던 첫날, 같이 일하던 동료 바리스타가 카페에 들어오는 아이들의 이름을 하나하나 다 기억하며 그들과 대

화하는 것을 보고 가볍게 충격을 받았었다. 나로서는 도저히 따라갈 수 없는 영역이라고 생각했는데 서당 개 삼 년이면 풍월을 읊는다고, 이 동네 바리스타 삼 년이면 뽀미 언니가 될 수밖에 없다.

이제는 어린이집이 끝나는 시간이 가까워지면 미리 디스펜서에 커피를 가득 채우고 쿠키 봉투를 카운터에 올려놓고 그들을 기다린다. 그리고 유모차에 앉은 채로 들어서는 어린이 손님 한 명 한 명에게 팔다리를 휘저으며 과장된 인사를 한다. 그들이 낯을 가리느라 내게 인사를 하지 않더라도 상처받지 않고, 표정이 굳어 있는 아이에겐 한껏 흉한 표정으로 까꿍을 해서 웃게 만든다. 그런 성대한 환영 과정을 거치고 나면 보호자는 아이를 카운터 위로 번쩍 들어 올려 원하는 것을 고르게 한다.

이 동네 부모들의 양육 방식을 보며 감탄하는 부분이 한둘이 아니지만 그중 인상 깊은 것은 아이에게 항상 "너는 뭘 먹을래?"라고 묻는 것이다. 아이가 어려도 의사 표현이 조금이라도 가능하면 의사를 묻고 그것을 존중한다는 점이다.

내가 머릿속으로 그린 익숙한 풍경은, 어린아이를 데리고 들어온 부모가 쿠키를 보고 아이가 좋아할 만한 것 또는 아이에게 좋을 만한 것을 골라서 건네주고 아이는 카운터 밑에서 기다리고 있다가 부모가 건네주는 것을 받아먹는 것이다. 그러나 이곳 부모들은 아이를 들어 올려서—아이의 눈높이로는 카운터 위의 쿠키들이 안 보이니까—전체를 보여주거나 메뉴를 읽어준 후 원하는 것을 고르게 한다. 심지어 아직 말문도 트이지 않은 어린아이에게도 자기가 원하는 것을 손가락으로 가리키게 한다.

일단 선택권을 준 다음에는 아이가 고른 것을 안 된다고 하는 경우가 거의 없다. 흔치 않게 아이의 선택에 반대를 해야 할 경우에는 "저 도넛은 너무 크고 달아서 저녁 먹기 전에 먹으면 밥을 안 먹게 될 거야. 저녁 식사 후에 먹겠다고 약속하면 사줄게"라고 하거나 "이 쿠키는 너무 크니까 하나 사서 반은 동생에게 줘야 할 것 같은데 그래도 괜찮겠니?"라고 설명한 후 동의를 구한다. 아이가 동의하지 않는 경우 부모의 선택을 밀어붙이는 경우는 거의 없다. 그리고 모든 대화는 혀 짧은 '아기 말투'가 아니라 동등한 어른을 대하는 말투로 이루어진다.

어린아이가 음료를 시킬 때에도 본인이 원하는 음료의 디테일을 스스로 대답하게 한다. 예를 들어 대여섯 살짜리 꼬마가 부모와 함께 와서 핫초코를 시킬 때 "무슨 사이즈로 드릴까요? 스몰, 라지?"라고 물으며 나는 습관적으로 부모를 쳐다본다. 그러면 부모는 아이를 향해 "어떤 사이즈로 할래?"라고 다시 묻고 그러면 아이가 수줍게 "스몰이요"라고 대답하는 식이다.

그렇다 보니 아이들은 아주 어릴 때부터 자신이 원하는 바를 생각하고 그것을 결정한 후 표현할 줄 안다. 그리고 원하는 바를 얻기 위해 논리를 구비한 언어로 부모를 설득할 줄 안다.

　나는 30대 후반이 다 되도록 무언가를 선택해야 하는 상황이 오면 오금이 저리고, 혼란스럽고, 결정을 하지 못해 갈팡질팡 방황하거나 "아무거나요"라며 말꼬리를 흐리는데, 이 아이들은 최소한의 의사 표현이 가능한 시점부터 받아온 탄탄한 훈련을 바탕으로 훨씬 수월하게 결정을 내리고 원하는 바를 표출한다. 이 사소한 차이가 이들의 삶을 얼마나 다르게 만들 것인가.

　생각해보면 누군가가 "네가 원하는 게 뭐야?"라고 물은 적은 많지 않았던 것 같다. 답은 정해져 있는데 괜찮냐고, 이의 없냐고 하는 질문 아닌 질문을 받은 적이 더 많았던 것 같다. 대부분 내 의사와 상관없이, 아니 내 의사가 무엇인지 들여다보기도 전에 "응? 으…… 으응" 하며 얼결에 동의하며 정해진 답을 따르게 된다. "그건 내가 원하는 게 아닌데요"라고 말하는 순간에는 상당한 갈등 상황을 각오해야 한다. 내가 직접 선택한 길이 잘 풀리지 않는 경우 원망할 사람이 나 자신이고 그것을 해결할 사람도 나 자신이다. 하지만 남의 선택에 맞춘 길이 만족스럽게 풀리지 않을 경우에 그 결과는 고스란히 내 몫이다. 원인과 결과의 주체가 이어지지 않으니 해결은 배로 어려워지는 것이다.

　오늘도 "초콜릿칩 쿠키 주세요" 하는 세 살짜리 어린애 앞에서 열 배도 넘게 산 어른은 자기 인생을 반추하며 반성하고 있다. 똑부러진 세 살 버릇을 부러운 눈으로 곁눈질하면서.

팁 주머니

팁 주머니가 없어졌다. 아니, 없어진 게 아니라 잃어버렸다. 그간 쌓인 팁을 입금하느라 은행에 들고 가서는 창구 앞에 놓고 온 것 같다. 금빛이 살짝 도는 살구색의 납작한 파우치로, 편지 봉투 사이즈에 상단에는 가로로 여는 지퍼가 달려 있었다. 본래는 메이크업 파우치였는데 2년 전에 함께 일하던 바리스타 친구가 생일 선물을 거기에 담아서 줬고, 그때부터 지금까지 그 파우치는 팁 주머니로 사용되었다.

카페에서 일과가 끝나면 계산대 앞에 놓여 있던 작은 양철통에 쌓인 팁을 카운터에 와르르 쏟아서 센다. 그 안에는 지폐도 있고 동전도 있다. 커피를 건네주는 바리스타에게 호의로, 습관으로, 체면으로 놓고 가는 그 작은 돈이 내게는 불편한 존재이다. 팁 문화가 없는 나라에서 나고 자란 나에게는 눈앞에서 누군가가 현금을 건넨다는 것이 익숙지 않고 겸연쩍다. 그 돈에 나에 대한 평가 내지는 호감도가 반영된다는 점에서 더더욱 그렇다.

황금 보기를 돌같이 해야 한다고, 아니 적어도 그런 척을 해야 한다고 배워왔기 때문에 나는 그 돈들을 '푼돈'이라 여기며 없는 셈 치려고 노력해왔다. 내가 마음만 먹으면 벌 수 있는 돈에 비하면 없는 것이나 다름없는 작은 돈이라 생각하며 팁의 존재를 잊으려고 노력했다. 하지만 그 '푼돈' 앞에서 초연해지는 것은 쉬운 일이 아니다. 내가 지금껏 노동의 대가로 받아온 월급은 대부분 계좌로 입금되었다. 날짜가 되면 내 계좌에 들어오고 그다음에 자동이체나 신용카드 등을 통해서 빠져나가는 돈은 화면상의 숫자로만 존재할 뿐 내가 만질 수 없는 것들이었다. 그에 비해 푼돈은 너무나 생생하다. 내 앞에 구겨져 널브러진 1달러짜리를 펴서 차곡차곡 열 맞춰 쌓아올리고 쿼터(25센트), 다임(10센트), 니켈(5센트), 페니(1센트)들을 그러모아 종류별로 분리해서 하나하나 숫자를 셀 때 그 값어치는 말 그대로 내 손끝에 만져진다.

통장 잔고가 바닥을 치던 시절에는 한화로 치면 십 원짜리에 불과한 페니 하나도 너무 소중해서 길가에 떨어져 있으면 아무도 줍지 않는 그 돈까지 꼬박꼬박 주워 집에 있는 동전통에 모아놓고 월말이면 동전통의 바닥까지 박박 긁어모아 간신히 월세를 냈다. 여름날 긴 하루를 마치고 땀에 절어 집에 오는 길에 동네 구멍가게에 들러서 다임 열 개를 내고 산 아이스크림을 검은 봉지에 담아 들고 가기도 했고, 교통카드를 충전할 돈이 없어서 버스기사 앞에서 쿼터 열한 개를 세어서 현금으로 돈을 내고 버스를 타기도 했다.

평소보다 팁이 훨씬 많은 날에는 스스로에게 선물하는 기분으로 밤늦게까지 여는 드러그스토어에 들러 2~3달러짜리 립스틱을 사 와서는 다음 날 새 립스틱을 바를 생각에 두근

거리며 잠들었다. 작은 돈들이 주는 기쁨이 이렇게 생생하고 절실하니 그 앞에서 쿨하기란 애초 불가능한 일인지도 모르겠다. 남의 돈을 받아서 먹고 입고 자면서 그 돈 앞에서 초연해질 수 있다고 믿은 것은 오만한 착각인지도. 그래서 매번 노동의 마무리로 남의 주머니에서 나온 그 구겨지고 흩어진 푼돈을 그러모아 세면서 나는 감미로운 초라함을 손아귀 가득 느끼곤 한다. 그러고는 차곡차곡 정리한 돈을 야무지게 팁 주머니에 넣어 집에 들고 온다. 그 순간 팁 주머니는 얄팍하지만 묵직하다.

내가 작아지는 순간을 함께해온 팁 주머니가 웬만하면 쓰레기통에 버려지지 않고 누군가의 손에 들어가서 계속 사용되면 좋겠는데 모든 물자가 풍족한 이 나라에서는 너무 큰 바람인지도 모르겠다.

아저씨

한가한 오후에 50대 전후로 보이는 동양인 남자가 들어왔다. "안녕하세요"라는 인사를 무시하고 급히 들어선 그는 전단지 한 장을 내 얼굴 앞에 흔들면서 "보스! 보스!"라고 말했다. 내 상사, 즉 카페의 사장에게 이 홍보물을 전하라는 뜻인가 보다. 중국 업체에서 나온 이가 말 한 마디 없이 홍보물을 놓고 가는 경우가 종종 있어서 이 남자 역시 그중 하나일 거라 생각했다. 다소 무례하게 보일 수도 있는 그의 의사소통 방식이 문화 차이에서 왔으리라 추측하며 대수롭지 않게 생각했다.

"네. 잘 전달할게요"라고 말하고 전단지를 파일함에 넣고 있는데 서둘러 나가려던 남자가 뒤를 돌아보며 말했다.

"한국 사람이에요?" 맞다는 말에 그는 갑자기 크게 마음 놓인다는 표정으로 어깨를 펴고 돌아와 내 머리 위에 달린 메뉴판을 훑으며 말하기 시작했다.

"아, 한국 사람이구나. 근데 여긴 뭐가 맛있어요?"

"글쎄요. 기본 커피는 프렌치 프레스로 만드는 게 있고, 라테나 카푸치노 같은 에스프레소 드링크도 있어요. 차 좋아하시면 차 메뉴는 이쪽에 있고요."

"……"

"……"

"학생이에요?"

"아뇨."

"온 지 얼마 됐어요?"

"5년 좀 넘었어요. 남편이랑 같이 왔어요."

"아, 결혼하셨구나. 남편은 뭐 하시고?"

"회사 다니고 있어요."

"무슨 회사?"

"그냥, 일해요."

"애는 있고?"

"아뇨."

"어디 살아요?"

"이 근처 살아요."

"이 근처 어디?"

"……"

"스웨덴 가봤어요?"

"아뇨."

"근데 여긴 뭐가 맛있나?"

"……"

그렇게 신상 조사를 한바탕 폭풍처럼 쏟아낸 그는 영어를 섞어가며 자신의 스웨덴 여행과 유럽 여행이 얼마나 근사했는지 이야기하기 시작했다. 나는 커피를 갈고, 스팀 피처를 씻고, 카운터를 닦으며 그의 말에 "네. 그러시구나" 하며 맞장구를 쳤다. 이야기 중간중간에 "그런데 여긴 뭐가 맛있나?"를 추임새처럼 넣던 그는 어색하게 서 있다가 다음 손님이 와서 줄을 서자 그대로 나가버렸다.

그의 추임새가 공짜로 커피를 한 잔 달라는 뜻이었다는 것을 깨달은 것은 한참 후였다. 그리고 영어가 아주 불가능하지도 않은 그가 맨 처음 들어와서 왜 아무런 설명 없이 "보스! 보스!"만 외쳤는지, 그리고 왜 내가 이 카페의 주인이거나 매니저일지도 모른다고 생각하지는 않았는지 의문스러웠다. 나이 많은 남자가 젊은 여자를 대할 때의 말투, 존대를 하지만 존대가 아닌, 그 하대의 말투를 접한 게 꽤 오랜만이었다.

맨얼굴

쉬는 날에는 잠이 깨도 이부자리에서 쉬이 일어나지 않는다. 포근한 이불 속에 몸을 파묻은 채 휴대폰이나 태블릿을 가슴에 기대어 세우고 턱을 당긴 채로, 목에 담이 걸릴 것 같은 자세로 소셜 미디어를 훑는다. 내가 자주 보는 소셜 미디어는 네이버 블로그와 인스타그램, 트위터, 유튜브 등인데 대부분은 위아래로 스크롤하면서 새 콘텐츠를 확인하는 방식이다.

인스타의 경우 손가락을 약간 삐끗해서 위아래가 아니라 좌로 화면이 넘어가면 동영상 모드로 넘어가 카메라가 켜지며 내 얼굴이 뚜둥 하고 나타난다. 이때의 얼굴은 충격, 경악이라는 수식어로는 충분히 표현할 수 없을 정도로 추레하기 짝이 없다. 피부 톤은 얼룩덜룩하고 모공은 두드러져 있으며 탄력이 떨어진 피부가 자글자글하게 주름져 있다. 최근 기승을 부리는 여드름이 붉거나 거뭇한 점을 흩어놓았고 눈은 두툼하게 부어 있으며 입술은 부분부분 핏기가 없어서 코끼리 가죽 같다. 그 흉측한 인간의 성별을 알 길도 없고 굳이 결론을 내리자면 마흔 줄에 들어서는 게으른 남자 정도로 보인다.

그때 생각났다. 지난주 카페 입구에 쓰러졌던 노숙자의 모습이. 실내에 앉아 있는 손님이 내 또래 여자 한 명밖에 없는 밤 시간이었다. 문을 닫기까지 한 시간밖에 남지 않았고 손님도 뜸하길래 '오늘치 힘든 일은 이제 거의 끝나가는구나'라고 안도하며 설거지를 하고 있었다. 그러다 문득 카페 입구에 눈을 돌렸는데 누군가 발이 문에 끼인 채로 카페의 마룻바닥에 엎어져 버둥거리고 있었다.

깜짝 놀라 다가가니 처음 보는 사람이 바닥에 엎어진 채로 신음하고 있었다. 거동이 불편한 사람인가? 심장마비인가? 뇌졸중인가? 약물인가? 어떻게 도와야 할지 혼란스러워하며 다가가다가 나를 결정적으로 패닉하게 만든 광경을 마주하고 말았다. 넘어져 있는 사람의 바지와 팬티가 내려와서 엉덩이가 드러나 있었던 것이다. 짧게 깎은 머리에, 풍덩한 스포츠 재킷 차림, 그리고 자기 몸에 가려져서 잘 보이지 않지만 한 손이 사타구니에 끼어 있는 것을 보고 이 사람이 남자라면 성희롱을 하는 중일지 모른다고 생각해버렸다.

'어려움을 겪고 있는 사람'에 '성희롱'의 가능성이 더해지자 사고가 완전히 뒤죽박죽이 되었다. 이 사람은 가해자인가, 피해자인가. 이 사람을 건드리는 것이 좋은가. 아니면 소리를 질러 내쫓아야 하나. 일단은 바지를 추켜올려줘야 하나. 혹시 척추 신경계에 문제가 있는 거면 건드리는 것이 오히려 위험한 거 아닌가. 생각들이 눈보라처럼 정신없이 휘날리는 사이나는 어쩔 줄 모르고 발을 동동 구르고 있었고 신원불명의 그는 바닥에 엎드린 채로 "도와주세요. 도와주세요"라고 웅얼거리고 있었다.

카페 밖을 지나가던 사람들이 하나둘 모여들더니 어서 911에 전화하라고 조언하기 시작했다. 너무 당황하니 머릿속이 얼어붙어 기본적인 영어 표현도 생각나지 않았고, 생전 처음으로 911에 전화해서 이 상황을 설명할 자신이 없었다. 그래서 카페에 앉아 있던 여자에게 나 대신 전화 좀 해줄 수 있냐고 전화기를 내밀었더니 그녀 역시 얼굴이 하얘져서 자기도 어떻게 설명할지 잘 모르겠다며 나만큼이나 당황했다. 이때 카페 단골손님 한 명이 아이를 한 팔에 안고 카페에 들어서려다 그 광경을 봤다. 그녀는 즉시 침착하게 911에 전화를 하며 나에게 물었다.

"남자예요? 여자예요?"

카페에 있던 손님과 내가 동시에 말했다.

"모르겠어요."

그녀는 911 측에 성별이 확인되지 않은 신원불명의 1인이라고 표현하며 현재 상황을 보고했고 머지않아 기동대와 구조요원들이 들어와 그의 상태를 확인하기 시작했다. 다행히 심장마비도, 뇌출혈도, 마약도, 성추행도 아니었다. 정신 상태가 온전치 못한 노숙자가 근처에 위치한 보호소에 돌아가기 전에 동네를 배회하던 중이었던 모양이다. 구조요원이 그의 상태를 확인하기 위해 대화를 시도하는 사이에 그가 여자라는 것을 알게 되었다. 정신을 차리고 보니 엉덩이 밑에 흘러내려가 있던 팬티가 연한 분홍색이었던 것도 같았다.

구조요원들은 혹시 모르니 필요한 검사를 진행한 후 조

치를 취하겠다며 앰뷸런스에 그녀를 싣고 떠났다.

　며칠이 지난 지금 침대에 누워 뜬금없이 그녀를 생각했다. 나는 남자로 오해받은 적이 많지 않다. 내가 두른 옷, 신발, 귀걸이, 목걸이, 가방 등이 대개 '여성'의 것으로 인지되는 것들이기 때문이다. 나는 돈을 내고 산 내 소유물을 통해 무의식적으로 내가 여자임을 표현해왔고 그것이 너무나 자연스러워서 그것이 '부수적인 것' '내게서 분리될 수도 있는 것'이라는 생각은 하지 못했다. 하지만 누군가에게는 자신이 여자임을 표현하는 것이 사치일 수도 있었던 것이다.

　그녀가 구호품으로 받았을 그 두툼한 점퍼와 헐렁하고 질긴 재질의 바지, 어두운 색상의 운동화 그리고 짧게 깎은 머리는 실용성을 최우선으로 한 선택이었을 것이다. 그것들은 그녀의 정체성을 담을 여유가 없다. 일단은 추운 겨울에 동사하지 않고 발이 부르트지 않는 것이 우선순위이기 때문이다. 따라서 그녀는 나와 카페 손님에게처럼 많은 이들에게 남자로 오해받거나 '성별미상'으로 취급당하며 살아왔을 것이다. 그녀의 선택인지, 아니면 구호단체에서 골라준 것인지 모르겠지만 그녀가 걸친 것 중 중성적이지 않은 것은 팬티 한 장뿐이었다.

　잠에서 막 깬, 화장도, 장신구도 걸치지 않은 나의 맨얼굴은 그녀의 얼굴과 다를 바가 없었다. 하지만 나는 곧 편안하고 따스한 침대에서 일어나 공들여 화장한 후, 보송한 스웨터에 모직 스커트를 걸치고, 그 밑으로는 다리에 착 붙는 스타킹을 신고, 허리가 쏙 들어간 코트에 구두를 신고 밖에 나가 무리 없이 여자로 받아들여지는 하루를 살 것이다. 내가 여자임을 표현하는 것, 여자로 받아들여지는 것이 누군가에게는 얼마나 큰 사치인지를 잊은 채로 말이다.

12월 셋째 주

여름에는 커피를 만드는 과정이 단순하다. 아이스 커피는 미리 만들어놓은 콜드브루를 얼음 위에 붓기만 하면 되고, 아이스 라테는 에스프레소 샷을 내려 얼음과 찬 우유와 함께 섞으면 된다. 그에 비해 카푸치노와 라테는 에스프레소 샷을 내리는 것뿐만 아니라 시간을 들여 우유를 스팀하고 공들여 에스프레소 위에 부어야 하기 때문에 비교적 손이 많이 간다.

여름에는 뜨거운 음료를 마시는 사람이 적어서 우유를 스팀하는 빈도가 압도적으로 줄다 못해 여름이 끝날 무렵에는 우유를 스팀하는 실력이 꽤나 녹슬어 있는 것을 발견하게 된다. 그에 반해 겨울은 스티머가 일당백을 하는 계절이다. 끝도 없이 밀려오는 카푸치노, 라테, 모카라테의 주문에 더해 물에 탄 가루나 차에 스팀한 우유를 부어서 만드는 핫초코와 맛차라테, 차이라테까지 더해져서 온갖 사이즈의 스팀 피처를 동원해 하루 종일 스팀을 해대야 한다. 우유를 스팀하는 과정은 꽤나 민감하고 까다로워서 조금만 성의를 덜하거나 실수를 하면 완성된 우유의 질감에서 그 퀄리티가 탄로나기 때문에 항상 신경 써야 한다.

이렇게 스팀 과정 자체에 노력과 시간이 더 들기도 할 뿐만 아니라 바쁜 중에 손이 꼬이면 우유를 엎어서 난장판이 되기 일쑤이고, 기본/저지방/무지방/두유/아몬드 우유 중 손님이 주문한 우유를 헷갈린 경우엔 처음부터 다시 만들어야 한다. 또, 우유가 들어가는 음료는 유난히 손님들의 특별 요청이 많아서 '뜨겁게extra hot'나 '안 뜨겁게not too hot' '거품 없이 no foam' '거품 많이dry' '우유 많이wet' '이 우유와 저 우유를 반씩 섞어서' 등의 요구를 잊지 말고 챙겨서 만들어야지 안 그랬다간 다시 만들거나 입이 부루퉁하게 나온 손님에게 음료를 건네야 한다. 그렇게 우유 스팀 특훈을 계속하다 보면 의도치 않게 실력이 향상되어 나도 모르게 훌륭한 라테 아트가 나와 흠칫 놀라기도 한다. 그렇다고 시간과 품을 들여 라테 아트에 영혼을 불사르고 있으면 '내 커피 대체 언제 나와' 하며 기다리고 있는 대여섯 명의 손님들이 분노의 눈빛으로 바리스타를 노려본다.

종이 찢는 소리에 비유되는 그 스팀 소리가 울려 퍼지는 동안 볼이 빨개진 손님들이 언 손을 녹이며 들어서고, 근처의 트리 노점에서 산 리스 장식을 팔에 낀 이가 상쾌한 전나무 냄새를 풍기며 커피를 주문한다. 연말을 맞이하여 외지에서 온 엄마나 아빠, 형제, 자매를 데리고 온 이들이 이 카페에서는 무엇을 어떻게 주문하는지 열심히 설명을 하고, 먼 나라에서 관광 온 악센트 강한 이들이 긴장한 눈빛으로 들어서서 메뉴를 열심히 읽는다.

12월의 마지막 두 주는 사실상 일하는 것이 불가능하기 때문에 그 전에 급한 일을 마치려는 이들이 노트북 앞에 앉아 정신없이 일하고, 기말을 앞둔 학생들은 지친 표정으로 과제나 시험공부를 한다. 카페 유리창에는 하얗게 김이 서려 있고, 반려인이 커피를 사 오는 동안 밖에서 기다리는 개들의 입에도 하얀 입김이 어린다. 12월 셋째 주의 풍경이다.

I LOVE YOU

카페에서 팁으로 받는 돈은 대개 1달러짜리나 동전들이다. 대부분의 카페에선 바리스타들이 집에 가기 전에 그 잔돈을 계산대 안의 지폐와 맞바꿔 가는 모양인데 지금 이 카페의 사장은 그걸 금지하고 있다. 돈을 바꾸는 과정에서 오차가 생길까 걱정하는 것도 있고 혹시라도 부정을 저지르는 직원이 있지 않을까 두려워하는 것도 있을 것이다. 어쨌든 덕분에 일을 마치고 집에 가는 가방 안에는 1달러짜리 뭉치와 절그럭거리는 동전이 가득하다. 이 돈을 집 한쪽에 잘 보관했다가 주기적으로 은행 창구에 가서 입금한다.

은행 직원들이야 온갖 형태의 돈을 마주할 테니 그리 신경 쓸 필요 없을 텐데도 "저기, 현금 좀 입금하려고요" 하며 벽돌 한두 장 부피의 1달러짜리와 벽돌 한두 장 무게의 동전들을 창구에 난 작은 구멍에 쑤셔 넣다 보면 나도 모르게 송구해진다. 대부분의 직원들은 별말 없이 덤덤한 얼굴로 돈을 받아서 지폐로 된 돈은 계수기에 넣어 세고, 동전은 내가 종이에 말아서 묶어 온 것의 수를 세어 처리한다.

어제도 맨해튼에 나간 김에 집에 쌓인 잔돈들을 몽땅 들고 나와 수줍은 얼굴로 은행 직원에게 넘겼다. 몇 번 간 적 있는 지점이지만 처음 보는 남자 직원이 무표정한 얼굴로 돈을 받았다. 계수기에 올린 몇백 장의 지폐가 타다다다 소리를 내며 무리 없이 넘어갔는데 두 장의 지폐가 자꾸만 넘어가지 않고 걸렸고 직원은 그 돈을 꺼내서 살펴봤다. 역시나 한 장은 모퉁이 한 쪽이 떨어져 나가 있었다. 다른 한 장은 아무 이상이 없어서 고개를 갸우뚱하며 지폐를 뒤집은 직원이 갑자기 눈을 들어 '뭐지' 싶은 눈빛으로 나를 쳐다봤다.

나 역시 같은 표정으로 그의 손을 봤더니 지폐 뒷면에 두꺼운 매직으로 커다랗게 "I LOVE YOU"라고 쓰여 있었다. 순간적으로 얼굴이 붉어지며 당황해서는 "아, 저, 저도 몰랐어요. 그런 게 쓰여 있는지"라며 더듬었더니 그는 말없이 미소를 띠고 지폐를 집어넣고는 입금 처리를 했다. 내가 팁으로 받은 돈이라고 설명을 해야 하나 잠시 고민했지만 다시 사무적인 표정으로 돌아간 그에게 굳이 구차한 설명을 할 필요는 없을 것 같았다.

입금 확인증을 받아 들고 은행 밖 횡단보도에 서 있는데 실실 웃음이 났다. 그 직원은 혹시 그 돈이 계수기에 걸려서 그가 읽게 되리라는 고도의 계산을 한 여자의 사랑 고백이라고 생각했을까? 아니면 누군가가 내게 한 소심한 사랑 고백이 읽히지도 않은 채 부질없이 삼백여 장의 다른 지폐에 섞여 은행으로 넘어갔다고 생각했을까. 애초에 화폐 손상이라는 범법 행위를 감수하면서까지 돈 위에 거칠고 서툰 글씨체로 사랑을 선언해야 했던 이는 누구였을까. 가슴 벅찬 첫사랑을 어떻게든 상대에게 전달하고 싶은데 그걸 전달할 세련된 스킬이 없었던 어떤 10대 소녀 또는 소년이 아니었을까. 돈을 건넨 이는 그 돈이 사랑하는 이의 손을 떠나 속절없이 흐르고 흘러 카페에서 일하는 30대 유부녀 바리스타의 손을 거쳐 어느 한적한 씨티은행 지점의 금고 안으로 들어간 것을 알고 있을까. 그 "I LOVE YOU"의 'I'는 아직도 'YOU'를 사랑하고 있을까.

1달러짜리 지폐 한 장 덕분에 마음이 간지러운 날이었다.

프렌치 레이디

그녀가 돌아왔다. 어깨까지 내려오는 은발의 생머리를 깔끔하게 빗어 넘겨 포니테일로 묶고, 보송보송한 울 소재의 베레모를 쓰고, 과하게 멋을 부리진 않았지만 단순하고 세련된 옷을 스타일리시하게 걸쳐 입은 그녀. 그야말로 '무심한 듯 시크하게' 또는 '프렌치 시크'라는 수식어가 딱 어울리는 그녀가 돌아왔다.

작년 크리스마스 무렵부터 할머니 한 분이 카페에 와서 오후 시간을 보내다 갔다. 예쁘장한 얼굴에 생기 넘치는 눈을 빛내며 강한 프랑스 억양으로 힘겹게 디카페인 커피를 주문하는 그녀에게 내가 녹슨 프랑스어로 말을 걸자 단박에 얼굴이 밝아지며 참았던 말들을 주르르 쏟아내기 시작했다.

"어머나, 아가씨가 프랑스어를 하는구나. 너무 잘됐다! 디카페인 커피를 (종이컵 말고) '진짜' 잔에 담아서 한 잔 부탁해요. 난 프랑스에 사는데 우리 아들 보러 왔거든요. 아들이 이 근처 살아요."

알고 보니 그녀는 이 카페 단골인 50대 전후의 프랑스인 아저씨의 어머니였다. 아저씨에 따르면 자기 어머니는 매년 크리스마스 전후에 뉴욕에 와서 몇 주 지내며 자신과 연말을 함께 보내고 다시 프랑스로 돌아간다는 것이다. 어머님이 영어를 잘하시더라는 내 빈말에 아들은 애매한 표정을 지으며 "음, 잘하기보다는 대처를 잘하는 편이랄까? 영어를 잘 못하는데도 용감하게 혼자 열심히 돌아다녀요"라며 웃었다.

과연 그녀는 용감하고 부지런하게 돌아다니며 동네 여기저기에서 목격되더니 어느덧 카페의 다른 손님들과 안면을 트고 대화를 하는 사이가 되었다. 다른 손님 중 한 명에게 "할머니랑은 어떻게 알게 되었어요?"라고 물었더니 "내가 크리스마스트리 파는 데 와서 구경하길래 안 되는 불어로 헛소리를 좀 했더니 대꾸를 해주잖아"라고 답했다.

호기심 어린 초롱초롱한 눈으로 부지런히 동네를 탐방하는 그녀는 오후 두세 시쯤 되면 카페에 들러 커피를 마시며 책도 읽고, 일기도 쓰고, 사람 구경도 하다가 잔이 비면 분수에서 물을 다 마신 참새처럼 포로롱 날아 거리로 사라진다. 그런 일상이 12월 마지막 몇 주간 계속되다가 새해로 넘어가자 그녀는 다시 포로롱 날아 프랑스로 돌아갔고, 그 후로 아들을 통해 몇 번 안부를 전하곤 했다.

한 해가 흘러 다시 거리에 크리스마스 캐럴이 들리고 줄줄이 전구들이 반짝이고 크리스마스트리 상인이 나타나자 그녀가 돌아왔다. 카페 문에 들어서면서부터 팔을 번쩍 들어 인사하며 반가움을 표하곤 며칠부터 며칠까지 있을 예정이라고 알려주더니, '진짜' 컵에 디카페인 커피를 담아 들고 총총 걸어가 문가의 테이블에 앉아 프렌치 시크한 시간을 보내기 시작했다. '할머니'보다는 '레이디'라는 호칭이 더 어울리는 그녀까지 더해지자 나의 연말 풍경은 완성에 가까워졌다.

2019

새해

새해. 시끌시끌하던 홀리데이 시즌이 끝나고 백 투 리얼리티 하는 날. 12월 내내 거리를 향기롭게 했던 트리 노점이 사라지고 대신 바싹 마른 트리들이 길가에 버려지는 시기. 왠지 모르게 운동을 시작해야만 할 것 같고 라테를 주문하는 손님 중 '무지방 우유'를 요구하는 손님이 대폭 증가하는 시기. 새해 결심을 서로에게 묻고 그런 게 없다고 답하면 왠지 인생 막 사는 사람 같은 죄책감을 느끼지만 사실 우리 모두 결심의 시기와 달성률은 별 관계가 없다는 것을 알고 있는 시기. 그런 새해가 시작되었다.

곰탕과 치킨 수프

곰탕을 끓였다. 새해라 만두를 빚을 예정이었는데 떡만둣국의 국물로 쓰기에도 좋을 것 같았고 최근 남편이 평소답지 않게 잔병치레를 길게 해서 몸에 좋은 무언가를 만들어주고 싶었다. 뼈를 오래 끓인 국물이 신체에 정확히 어떤 이로운 작용을 하는지는 모르지만 긴 시간을 들여 끓이는 정성과 우리 머릿속에 각인된 곰탕의 포근한 이미지가 주는 효과만으로도 좋지 않겠나 싶었다.

소꼬리는 옥스테일이라는 이름으로 이곳 슈퍼마켓에서도 흔히 파는 것 같지만 이왕이면 처음 시도하는 음식이니 제대로 하고 싶어서 한인 마트에 가서 1.5킬로그램어치 소꼬리를 사 왔다. 이것을 찬물에 열두 시간 담가놓고 중간중간 물을 갈아주며 핏물을 빼는 것이 첫 작업이다. 뼈에 붙은 고기가 핏기를 잃고 새하얗게 질렸을 때 이 녀석들을 바닥이 탄탄한 냄비에 넣고 한번 끓여준다(마침 최근에 생긴 곰솥 크기의 무쇠 냄비가 있어 처음으로 사용했다. 뭉근하게 오래 끓이는 데에는 무쇠솥만한 게 없지). 물이 끓기 시작하면 온갖 불순물들이 거품처럼 올라오는데 이렇게 5분 정도 끓인 물은 버리고 살짝 익은 고기들도 찬물에 씻어준다.

이제부터가 본게임이다. 고기들을 다시 냄비에 넣고 찬물을 넉넉하게 넣어 불을 올렸다가 물이 끓기 시작하면 뚜껑을 덮고 약불로 줄여 일곱 시간을 고아준다. 그러면 뽀오얀 국물이 우러나고 고기는 부드럽게 풀어져서 건드리기만 해도 뼈에서 술술 떨어진다. 고기는 따로 모아서 냉동해두었다가 먹기 직전 국물에 넣고 함께 끓이면 된다. 국물은 따라서 시원한 곳에 두었다가 위에 기름이 딱딱하게 굳으면 걷어낸다.

그리고 고기 없이 남은 뼈만 가지고 다시 찬물을 부어서 2차로 일곱 시간을 끓여 위의 과정을 반복한다. 신기하게도 그렇게 오래 우려내고 남은 뼈에 물만 넣어서 끓이는 데에도 여전히 진하게 하얀 국물이 나온다. 마지막으로 3차로 일곱 시간을 끓여서 나온 국물까지 기름을 제거하여 세 가지 국물을 모두 섞어주면 완성이다.

총 스무 시간이 넘게 고깃국을 끓여대면 온 집 안에 불쾌한 음식 냄새가 가득 찰 줄 알았는데, 무거운 무쇠 뚜껑을 계속해서 덮어둔 탓인지, 고기가 신선하고 좋아서 그런지, 은은하고 고소한 냄새가 집 안에 감도는 정도에 그쳤다. 그리고 그 냄새는 외할머니 오시는 날을 떠올리게 했다.

외할머니가 우리 집에 오실 때면 엄마는 항상 곰탕을 끓였다. 연약한 체격에 부끄러움이 많고, 언제나 지나치게 사양할 줄만 아는 할머니는 가난한 시절의 기억과 습관 때문인지 좋은 음식을 내어드리면 사양하며 우리 가족 쪽으로 접시를 밀거나 수저를 대지 않고 남기곤 하셨다. 그런 할머니가 유일하게 싹 비우시는 것이 곰탕이었다. "맛있다, 맛있다" 하시며 커다란 뚝배기에 담긴 곰탕에 밥을 말아 한 그릇을 다 비우시곤 "정신이 번쩍 나는 것 같다"고 이야기하셨다. 그래서 할머니가 오신다는 이야기만 들으면 엄마는 정육점에 달려가 소꼬리와 잡뼈를 사 와 집에서 가장 큰 솥에 곰탕을 끓였다.

　그 어떤 부산스러운 테크닉도, 부재료도 없이 그저 고기와 물, 불, 시간이 만들어낸 곰탕의 맛은 그 과정만큼이나 단순하고 소박하다. 오랜 시간에 걸쳐 만들어진 무언가가 항상 그러하듯 만든 사람의 일부가 녹아들어 있다. '정성'이라 부를 수도 있고 '애정' 또는 '염려'나 '관심'이라 부를 수도 있는 그 무언가가 스무 시간 가까이 뭉근하게 녹아난 것이 집에서 만든 곰탕 국물이다. 곰탕이 몸에 좋은 이유는 사실 모호하고 형태 없는 그것 때문일지도 모른다. 나를 위해 곰탕을 끓여줄 사람이 있다는 사실 그 자체가 바로 나에게 기운을 불어넣고 뼛속 깊이 영양을 채워주는 근본적인 요인이 아닐까.

　곰탕을 끓여놓고 카페에 출근한 날에는 엄청난 눈보라가 불어닥쳤다. 그리고 장기간 지속된 한파와 엄청난 강속의 바람과 눈의 조합 덕분에 카페 유리문이 박살났다. 문이 없는 카페는 아무나 들어올 수 있는 열린 공간이 되기 때문에 목수가 임시문을 설치할 때까지는 어쩔 수 없이 누군가가 그 안을 지키고 서 있어야 했고 이왕 서 있는 김에 커피를 찾는 사람이 있으면 계속해서 영업을 하라는 것이 사장의 지시였다. 실내에 난방을 켜놓았다고 해도 바깥은 영하 10도에 가까운 강추

위였고 문이 있던 자리에 부질없이 흩날리는 커튼 하나만 쳐놓은 채 여섯 시간을 일하고 나니 추위가 뼛속까지 스미고 슬금슬금 두통이 올라오며 감기 증세가 나타나기 시작했다.

그때 카페의 단골손님 중 한 명인 내 또래 여자가 작은 유리병에 담긴 무언가를 행주에 감싸 가지고 왔다.

"치킨 수프야. 레시피대로라면 여덟 시간 끓여야 하는데 다섯 시간밖에 못 끓였지만. 그래도 감기 기운이 느껴질 때 이거 먹으면 도움이 되더라고. 빨리 문이 도착해서 집에 갈 수 있어야 할 텐데……"

그녀가 늦은 저녁 강풍과 눈보라를 뚫고 가져다준 치킨 수프는 무척 뜨겁고 기름지고 맛있었다. 서양판 곰탕인 치킨 수프를 먹으면서, 내가 누군가에게 곰탕을 끓여줄 수 있다는 사실과 누군가가 끓인 곰탕을 내가 먹을 수 있다는 사실이 고마웠다.

희망과 절망

일을 시작하는 순간부터 끝나는 순간까지 마음은 변화무쌍하게 널을 뛰며 업 앤드 다운을 반복한다. 대개 하루를 시작하는 순간에는 바쁘다. 정오를 조금 넘어 근무를 시작하기 때문에 그 순간에 손님이 가장 많다가 뒤로 갈수록 손님이 줄어드는 패턴이기 때문이다. 무엇보다도 바쁜 오전 동안 흐트러진 것들을 바로잡고, 쓸고, 닦고, 채워 넣고 하는 매장 관리 일에만 몇 시간이 걸린다. 그렇게 눈에 보이는 모든 일을 다 해놓은 뒤에야 커피를 마시며 한숨을 돌릴 수 있는데, 사실 할 수 있는 모든 일들을 쥐 잡듯 해야 직성이 풀리는 나 같은 사람에겐 여유 시간이 잘 찾아오지 않는다.

한참 바쁘게 매장 관리 일을 하는 와중에 손님이 끊임없이 들이닥쳐서 도무지 일을 이어갈 수 없으면 압박감에 시달리다 못해 짜증이 난다. 그렇게 손님이 몰려오는 순간을 '러시'라고 부르는데 아무리 해도 러시가 끝나지 않아 오늘은 단 한 순간도 여유를 부리지 못하고 일을 마치겠구나 싶을 때에는 대상 없는 분노가 치밀어 오른다. 이렇게 고되게, 열심히 일하고 있는데, 단 한순간의 보상도 없이 계속해서 고되기만 하다가 하루가 끝나리라 예상될 때에는 소규모 절망을 한다.

커피가 마시고 싶어서 들어온 죄밖에 없는 무고한 손님 하나 하나가 파렴치한 악당처럼 느껴진다. 절망의 순간에는 남들에게 친절을 베풀 여유가 없다. 나의 절망이 분노와 짜증의 형태로 새어 나와 남들을 덮치지 않게 하기 위해서 그걸 꼭꼭 숨기는 것만도 온 힘이 필요하기 때문이다.

반대로 지금 이 순간 제아무리 바빠도 바쁨의 끝이 보일 때엔 같은 분량의 일도 덜 고되고, 즐겁기까지 하다. 카페 출입문까지 손님이 늘어서도 스트레스를 받기는커녕 나비처럼 날아 벌처럼 쏘아대며 일하는 스스로의 효율적인 움직임에 감탄하며 노련하게 일을 처리한다. 내가 업무에 잡아먹히지 않았다는 것을 보여주기 위해 바삐 손발을 움직이는 와중에 손님들에게 친절한 말을 건네고 안부를 물어가며 커피를 만든다.

이렇게 극적으로 다른 두 순간의 차이는 희망적 전망이 있느냐 없느냐 뿐이다. 지금의 고난이 끝날 것으로 예상되느냐, 아니면 끝나지 않을 것으로 예상되느냐. 즉 '희망'을 가질 수 있느냐 없느냐의 차이이다. 그깟 여덟아홉 시간짜리 일에서도 희망의 여부에 따라 사람은 천국과 지옥을 오간다. 절망은 희망이 끊어진 상태를 말한다. 앞이 깜깜하여 아무것도 보이지 않는데 그 어둠이 끝없이 이어지리라는 전망. 그것은 똑같은 현재를 지옥으로 만들어버리는 무서운 것이다.

그러나 안타깝게도 희망은 의식적 노력만으로 쉽게 생기는 것이 아니다. 경험에 기반한 판단력이 그렇게 호락호락하게 전망을 바꿔주진 않는다. 그러니 어쩌겠나. 견뎌야지. 맷집을 기르고 절망을 견디는 것에 익숙해져야지. 절망의 차례가 가고 다시 희망이 오는 순간이 있다고 강력하게 믿어야지. 현재까지의 경험상 삶은 끝없는 업 앤드 다운의 반복이니 지금의 하강에도 바닥을 치고 다시 올라가는 순간이 있다는 사실을 기억하는 수밖에.

어른 짓은 힘드니까요

카페 영업시간 동안에는 '샌드위치 보드'라고 부르는 삼각형의 입간판을 문 앞에 내놓는다. 보도블록을 걷는 행인들에게 카페가 영업 중이라는 사실도 알리고, 재치 있는 문구나 그림으로 그들의 발걸음을 끌어들이겠다는 의도이다. 샌드위치 보드는 주기적으로 디자인을 바꿔줘야 하기 때문에 바리스타들의 재치와 미술 재능을 펼치는 장이 되곤 한다. 미국의 미술 교육이 훌륭한 것인지, 바리스타라는 직업군의 이들이 유독 재능 있는 것인지 모르겠지만 다들 잘 나오지도 않는 마커나 몽당 분필로 멋진 그림이나 디자인을 슥슥 그려낸다.

하루는 재치 있는 문구를 쓰기 좋아하는 친구가 보드에 이렇게 썼다(일전에 '오늘의 수프=커피' 문구를 썼던 그 친구다).

COFFEE, BECAUSE
ADULTING IS HARD

"어른 짓 하는 건 힘든 일이니까 (어른의 특권인) 커피라도 마시자"라는 뜻으로 '어른'이라는 뜻의 명사 'adult'를 동사처럼 변형해서 쓴 일종의 언어유희이다. 그리고 이 문구는 손님들의 호응을 제법 불러일으켰다.

울상을 한 20대 여자가 들어서서 "진짜! 맞아요! 어른 되는 거 정말 힘들어요"라며 구렁이 같은 한숨을 쏟아내기도 하고, 빙글빙글 웃는 30대 남자가 "하하. 어른 짓이 힘들긴 하지"하며 그날치 커피를 주문해서 들이켜기도 했다.

조금 의외는 어느 50대 단골의 반응이었다. 피식피식 웃으며 "이거 누가 썼어?"라고 묻길래 대답해줬더니 "걔가 adultery(간통, 불륜)라는 단어를 가지고 중의적인 장난으로 쓴 건 아니겠지? 이건 그냥, 내가 때 묻어서…… 나 혼자만 떠올리는 거겠지?"라며 키득거렸다.

그러나 가장 강력한 반응은 어느 날 밤 전화를 통해 전해졌다. 영업을 마친 지 한 시간이나 지났고, 정리를 마치고 슬슬 집에 가려고 하는데 전화벨이 울렸다. "누가 이 시간에 전화를 해?"라며 무시하고 가려는데 전화벨이 한 번 끊어졌다 다시 울렸다. 받을 때까지 끊지 않겠다는 기세가 느껴져서 혹시라도 사장이나 카페 동료인가 싶어 전화를 받았다.

"바깥의 샌드위치 보드, 누가 그렸어?"

낯선 중년 남자가 낮은 목소리로 물었다.

"어…… 그, 글쎄요. 직원 중 한 명이 그렸는데요."

의외의 질문에 더듬거리며 대답했더니 그는 말을 이어나갔다.

"그게 누군데? 응? 대체 어떤 정신 나간 놈이 저따위 글을 적었냐고. 내가 볼 땐 멍청하기 짝이 없는 문구라고. 질 나쁜 농담인지, 엿 먹이려는 건지 모르겠는데, 당장 지워. 지우라고! 알겠어? 어디서 저런 개 같은 글을 적었어? 응? 누구냐고? 말해. 장난해? 저런 바보 천치 같은 글은 지워. 지우라고!"

조용하게 시작한 그는 막판에 거의 악을 쓰다가 제풀에 겨워 씩씩거리며 전화를 끊었다. 공격적인 상대 앞에선 대응할 말을 못 찾고 상황 종료 후에나 떠올리고 마는 나는 전화를 끊고 나서 뒤늦게야 내가 했어야 할 반격을 떠올리며 분에 겨워했다. 이 이야기를 사장에게 보고해야 하나 잠시 고민했지만 보드를 그린 죄 없는 친구가 곤경에 처할 수 있을 것 같아 가만히 있기로 했다. 무엇보다 사장이 이 사실을 알면 옳고 그름을 떠나서 주민 중 누군가의 성깔을 건드릴 수도 있는 보드 디자인은 당장 바꾸라고 할 것 같은데, 그 무례한 익명의 제보자에게 그런 기쁨을 줄 순 없었다. 그의 악다구니에도 불구하고 이 문구가 당당하게 서 있는 꼴을 그에게 보여줘야 했다.

그래서 한밤의 전화 사건 이후에도 이 문구는 몇 주간 더 카페 앞을 지켰다. 나의 결정에 힘을 실어주기라도 하듯 바로 다음 날 「뉴욕 타임스」는 "어른이 되는 것이 낯선 이들"에 관한 기사를 쓰며 헤드라인에 'Adulting'이라는 단어를 사용했다. 더불어 이 신조어는 이후에도 계속해서 많은 이들의 호응을 이끌어냈다.

한밤의 남자는 대체 무슨 사연이 있어서 그깟 카페 앞 보드에 적힌 문구 하나 때문에 악을 써야 했을까. 혹시 그는 어른이 되는 것과 불륜 두 가지 모두에서 어려움을 겪고 있던 중이 아니었을까? 그래서 길을 걷다가 우연히 자기에게 대놓고 말하는 듯한 문구를 보고 분노와 수치심에 휩싸였던 것이 아니었을까. 그 순간 그가 커피라도 한 모금하며 분노를 가라앉혔다면 한밤중에 그런 저주의 전화를 거는 일은 없었을 텐데. 과연 어른 짓은 힘든 일이다.

뜨개질 친구

계절이 바뀌었음을 실감하는 순간 중 하나는 카페 외벽의 등을 켤 때이다. 카페는 인도를 마주한 면이 통유리로 되어 있는데 바깥 면을 따라 길을 비추는 등 세 개가 달려 있다. 여름에는 해가 길어서 카페 영업시간인 오전 6시 30분부터 저녁 8시 사이에는 등을 켤 일이 거의 없다. 그러나 슬슬 해가 짧아지면 아침저녁으로 바깥 등을 켠다. 오후에 일하는 나의 경우, 바깥 등을 켜는 시간이 처음엔 저녁 7~8시쯤이다가, 서머타임이 끝나는 11월 초에 갑자기 밤이 훅 당겨지면서부터는 저녁 5~6시만 돼도 등을 켠다.

매주 화요일 저녁, 내가 바깥 등을 켜는 시간에 찾아오는 두 명의 손님이 있다. 먼저 오는 이는 30대 정도로 보인다. 곱슬거리는 검은 머리에 동그란 눈을 한 여자는 상냥하게 웃으면서 카푸치노나 녹차, 또는 민트차를 '투 스테이To stay'로 주문하여—종이컵이 아니라 사기잔에 담아—테이블에 앉는다. 그녀가 커피나 차를 마시며 숨을 돌리고 있으면 두 번째 여자가 들어온다.

두 번째 여자는 40~50대 정도로 추정되는 중년으로 어두운색 머리에 적지 않은 흰머리가 섞여 있다. 첫 번째 여자에 비해 웃음이 적고 엄격해 보이며 조금은 피곤해 보이는 그녀는 녹차나 홍차를 사기잔에 주문해서 첫 번째 여자 맞은편에 앉는다. 두 사람은 가벼운 안부를 나누고 차나 커피를 몇 모금 마시고 나서 누가 먼저랄 것도 없이 각자의 가방에서 주섬주섬 뜨개질감을 꺼낸다. 그러고 나면 두 사람은 달칵달칵 뜨개바늘을 놀리며 호록호록 커피나 차를 마시고, 조곤조곤 대화를 한다. 두 사람 다 뜨개질감에서 눈을 떼지 않으면서 자기 이야기를 하고, 상대방의 이야기를 들으며 고개를 끄덕거리기도 하고 웃기도 한다. 때로는 뜨개질감을 테이블 위에 놓고 상대방의 눈을 들여다보며 격렬한 리액션을 하기도 하고, 이야기를 하다가 한 사람이 훌쩍이며 눈물을 보이면 다른 이가 뜨개바늘을 놓고 상대방의 손을 잡으며 위로하기도 한다. 물론 두 사람 모두 말없이 뜨개바늘만 부지런히 놀리는 조용한 순간이 가장 잦다.

바깥엔 완연한 어둠이 내리고, 카페 외벽에 오렌지빛 등이 켜지고, 커피를 주문하는 사람들의 발길이 뜸해지는 그 시간, 외모도 분위기도 다른 두 여자 손님이 뜨개질하는 풍경은 겨울 저녁을 따뜻하게 감싼다.

어린 시절 이후 뜨개질을 해본 적은 없지만 뜨개질할 때 두 대나무 바늘이 마주치며 내는 작은 소리, 폭신폭신한 털실 뭉치의 촉감, 손가락과 손바닥을 지나는 단단하고도 보드라운 털실의 존재감, 손을 움직여 만들어낸 직물의 포근함은 기분 좋게 떠오른다. 그 기분 좋은 뜨개질을 혼자가 아니라 마음 맞는 친구와 함께 할 수 있다는 생각을 나는 왜 진작 못 했을까. 물 흐르듯 대화가 통하는 친구, 중간중간의 침묵이 의식조차 되지 않을 정도로 편안한 친구, 매주 만나도 할 얘기, 들을 얘기가 산더미인 친구와의 뜨개질 데이트라니, 얼마나 좋은가.

슬프게도 내가 뜨개질을 같이 하고 싶은 친구들은 다들 멀리 떨어져 살고 있다. 휴대폰 덕분에 지척에 사는 친구처럼 목소리도 듣고, 얼굴도 볼 수 있지만, 함께 뜨개질하는 건 쉽지 않다. 같이 차를 마시는 것도 술잔을 기울이는 것도 쉽지 않다. 그리운 이들을 가까이에 두고 사는 행복한 이들이 나 대신 친구와 차도 마시고, 술도 마시고, 뜨개질도 해주면 좋겠다.

기념품 할아버지

카페가 손님에게 개근상을 수여한다면 근 십 년간 단 하루도 빠지지 않고 아침 6시 30분에 와서 그림을 그리다 가는 드로잉 아저씨가 대상을 받고, 매일 저녁에 커피를 사 가는 이웃 가게의 기념품 할아버지가 금상을 받을 것이다(개근상에 등급 차등이 있을 수 있냐는 의문은 고이 접어 넣어두도록 하자).

J는 카페와 같은 블록에서 기념품 및 선물 가게를 하고 있다. 몇십 년간 한자리를 지키고 영업을 해온 사이에 행인들의 눈길을 끌려고 길에 내놓은 후드티는 바랠 대로 바랬고, 낡은 유리창에 붙은 가게 이름은 정확히 아는 사람이 아무도 없다. 매출도 썩 좋지 않은지 뉴욕 전체가 관광객으로 미어터지는 연휴 기간이나 크리스마스 전 몇 주를 제외하고는 "오늘 손님 많이 들었냐"는 질문에 할아버지의 얼굴이 밝은 적이 별로 없다. 하긴 맨해튼도 아니고, 동네 주민들만 사는 이 조용한 동네에서 작은 선물 가게가 월세를 감당할 정도로 호황을 누리기란 쉽지 않을 것이다. 더구나 할아버지가 아무리 살뜰하게 공간을 꾸려 다양한 상품을 가져다 놓더라도 온라인에서 터치 몇 번만 하면 훨씬 더 다양한 상품을 훨씬 싼 가격에 살 수 있고, 그걸 현관문 앞으로 배송까지 해주는 세상이다.

이탈리아 이민자 가정에서 태어난 할아버지는 "너는 꼭 미국인으로 자라라"는 부모의 소망에 따라 이탈리아식 이름이 아니라 전형적인 미국식 이름을 가지고 자라났다. 하지만 정작 할아버지가 동경하고 애착을 느끼는 것은 동북아시아의 문화다. 녹차나 메밀차를 즐겨 마시고, 미시마 유키오나 오에 겐자부로를 읽고, 한국의 아침 드라마에 심취해 있다. 케이블 TV 채널 중에 한국 방송을 내보내는 곳이 있는데 거기에서 거의 시간 때우기용으로 틀어주는 한국 드라마를 하루도 빠짐없이 챙겨보고 내게 그 내용을 업데이트해준다.

"요즘 보고 있는 건 '어머님은 내 며느리'라는 건데"라든가, "알고 보니 그 커플이 이복남매였더라고"라든가, "시아버지가 시한부 선고를 받았어"라는 식이다. 한참 흥미진진하게 보고 있던 드라마가 최종화를 남겨두고 예고도 없이 편성을 바뀌서 영영 결말을 알 수 없게 되자(시청자가 없었겠지) 이루 말할 수 없이 괴로워하며 2주간 하루도 빠짐없이 투덜댔다.

하지만 기본적으로 할아버지는 쾌활하다. 오후 느지막이 출근해서 낮 동안 가게를 보던 동업자와 교대를 하고, 날이 어둑어둑해지면 잠시 숨 좀 돌릴 겸 카페에 와서 기본 커피를 한 잔 사 간다. 특유의 강한 억양으로 "안녕, 미년!"이라고 인사하며 들어와서 커피를 받아서는 우유와 설탕과 시나몬을 추가하며 이런저런 이야기를 한다. 가게에 손님이 많이 들었는지, 오늘은 동업자가 어떻게 속을 썩였는지, 어제 본 드라마는 어떤 내용이었는지, 요즘 자주 오는 좀도둑이 자기보다 돈이 많아 보였다든지, 메밀차나 믹스커피가 떨어졌는데 한인 마트에 갈 일이 있으면 좀 사다 줄 수 있는지, 맥심커피 상자에 인쇄되어 있는 예쁜 여자는 누구인지(이나영이다), 가는 김에 말랑카우도 있으면 한 봉지 사다줄 수 있는지 등의 이야기이다.

그러다가 어느 날부터 대화가 조금씩 어두워지기 시작했다. 처음에는 잠을 잘 못 잔다는 이야기에서 시작했고, 점차 가게를 유지하는 것이 얼마나 버거운지에서 가족과의 갈등으로 이야기가 이어졌다. 결정적으로 아주 오랫동안 연락이 끊겼던 혈연에게서 연락이 왔는데 현재 상태가 아주 좋지 않아서 그 모든 것이 자기 잘못이라고 자책하고 있는 것 같았다. 긍정적인 사람을 비관과 회의가 잡아먹는 것은 한순간이다. 자기 삶에 대한 근본적인 회의와 우울이 먹구름처럼 그를 잡아먹는 것이 보였다. 할아버지는 점차 말이 없어졌고 카페에서 커피만 사서 나가는 날이 늘어났다.

"무료 음료 카드로 새로운 커피를 시도해보면 어때요?"

할아버지는 일 년 중 추수감사절 하루, 크리스마스 하루, 이렇게 이틀을 제외하고는 하루도 빠짐없이 직접 가게를 보고 있다. 그리고 그렇게 가게를 연 날에는 어김없이 카페에 와서 커피를 한 잔씩 샀고, 그때마다 리뎀션 카드에 도장을 찍었다. 도장을 아홉 개 채우면 원하는 음료가 무엇이든 한 잔을 무료로 받을 수 있는 이 카드를 할아버지는 긴 세월 동안 쌓아놓기만 했다. 일 년치만 모아도 도장을 꽉 채운 카드를 40여 장 모을 수 있는데 그걸 몇 년간 모아왔으니 그의 수중에는 최소 백 장이 넘는 무료 음료 카드가 있을 터였다. 그 카드로 모카라테를 먹는다고 치면 할아버지는 환산가 오십만 원이 넘는 카드를 가지고 있는 셈이었다.

하지만 오십만 원이 아니라 오백만 원어치 상품권이라도 가지고만 있으면 값어치가 없다. 그래서 인생의 즐거움에 대한 투자라고는 전혀 하지 않은 채로 주말도 없이 수십 년을 일해온 할아버지가 한 번쯤 자신에게 달콤한 음료를 선물하기를 권해본 것이다. 하지만 할아버지는 그때마다 "그러게. 그거 좋은 생각이네"라고 답하며 희미하게 웃고는 다시 카페에서 가장 싼 기본 커피를 사서 새로 도장을 찍었다.

"한국이나 일본에 여행을 가보면 어때요?"

할아버지는 그렇게 좋아하는 한국과 일본은커녕 조부모의 나라인 이탈리아에조차 가본 적이 없다. 사실 여행 가는 것 자체를 본 적이 없다. 일 년 중 363일을 일하는데 어떻게 여행을 가겠는가. 내 제안에 할아버지는 상상도 못 했다는 듯 놀라며 잠시 눈을 반짝였지만 역시나 그런 일은 일어나지 않았다.

할아버지가 기나긴 우울의 터널을 통과하는 동안 내가 할 수 있는 일은 그저 하루 중 커피를 사는 2분 남짓의 시간을 최대한 쾌활하게 채워주는 것, 그리고 가끔 한국이나 일본 슈퍼마켓에서 간식거리를 사다가 선물하는 것 정도였다. 그마저도 신세지기 싫어하는 결벽한 성미의 할아버지에겐 쉬운 일이 아니어서, 내가 작은 선물이라도 하나 하면 언제나 몇 배의 선물이 되돌아오고 말았다.

그렇게 어두운 계절이 몇 번인가 지나고 갑작스레 할아버지가 나타나지 않았다. 이렇게 장기간 카페에 나타나지 않은 것은 처음이었다. 혹시 건강이 안 좋아진 것일까. 아니면 그토록 오래 미뤄왔던 여행을 떠난 것일까. 할아버지가 안 보인지 보름이 훌쩍 넘었을 때 그의 동업자가 귀띔을 해주었다.

"뇌암이래."

크리스마스를 앞두고 가게가 더없는 호황을 누리던 중에 갑자기 쓰러져 병원에 갔고, 뇌암 진단을 받았다고 했다. 다행히 완전히 돌이킬 수 없는 상황은 아니어서 수술과 방사선 치료를 받으며 경과를 지켜보기로 했다고 했다. 지금은 회복 중이라 쉬고 있지만, 어느 정도 몸을 추스르고 나면 다시 가게에 나올 거라고 했다. 소식을 듣고 바로 할아버지에게 문자메시지를 보냈지만 답이 오지 않았다.

그때 문득 떠오른 것은 우습게도 할아버지의 무료 음료 카드였다. 열심히 채우기만 하고 한 번도 쓰지 않은 리뎀션 카드들. 손길에 구겨지고 닳고 때가 탄 채로 노란 고무줄에 묶여서 할아버지의 주머니에 들어 있던, 할아버지의 인생을 꼭 닮은 그 백여 장의 카드들은 이제 그럼 어떻게 되는 걸까.

새해가 시작되고 크리스마스가 언제였는지 기억도 나지 않을 무렵에 할아버지가 다시 나타났다. 희끗한 머리털이 보송하게 올라오기 시작한 민머리를 털모자로 가리고, 왠지 모르게 부자연스러운 움직임으로 들어선 할아버지는 완전히 다른 사람이 되어 있었다. 목소리가 너무 작아서 귀를 바싹 갖다 대야 알아들을 수 있었고, 그마저도 말하는 내내 무언가를 숨기는 사람처럼 눈길을 피했다. 할아버지는 커피만 주문해서는 서둘러 가게로 돌아갔다. 그리고 며칠 후 문자가 왔다.

"답이 늦어서 미안해. 언어 기능이 떨어져서 말을 하는 게 힘들어. 지금 이 문자도 아주 힘들게 쓰는 거야. 걱정해줘서 고마워."

할아버지가 내게 말을 걸지 않았던 이유는 말이 잘 나오지 않아서, 그리고 더듬대는 모습을 보이는 것이 싫어서였던 것이다. 어릴 때 사촌 동생이 뇌암 진단을 받고 몇 년에 걸쳐 병에 잠식되다가 결국 세상을 떠나는 과정을 지켜본 경험이 있다. 명절 때면 그렇게 수다스럽던 아이가 나중에는 단어 하나를 입에 올리기 위해 온 얼굴을 구기며 안간힘을 쓰던 모습이 지금도 생생하다. 나는 그저 할아버지가 답장에 대한 압박감을 느끼지 않게, 되도록 간단명료하고 완결된 문자메시지로 힘내라고, 회복할 것을 믿는다고 이야기할 수밖에 없었다.

그 후로 일 년여의 시간 동안 할아버지는 고된 치료를 견뎌내며 조금씩 회복해갔다. 차츰 움직임이 자연스러워지고, 언어 구사도 편안해졌다. 카페인을 섭취하지 말라는 의사의 말을 듣느라 이제는 예전처럼 매일 커피를 마시지는 못하지만, 여전히 2분짜리 저녁 나들이의 즐거움을 포기할 수 없어서 마시지도 않을 커피를 사러 카페에 들르곤 한다. 꽤 자주 깜박하고 카페의 카운터에 열쇠나 지갑을 놓고 나가기는 하지만, 다시 예전처럼 동업자가 얼마나 자기를 골치 아프게 하는지, 아들이 왜 열심히 일하지 않는지, 한국 드라마가 왜 툭하면 예고도 없이 중단되는지 투덜거리는 것으로 보아 크게 걱정하지 않아도 될 것 같다.

꽉 채운 리뎀션 카드 뭉치는 어떻게 되었냐고 물었더니 통째로 어디론가 사라졌다고 한다. 아쉬워하는 나와 달리 할아버지는 별로 신경 쓰지 않는 눈치다. 어쨌든 지금도 할아버지는 기본 커피만 사면서 쓰지도 않을 리뎀션 카드에 도장을 채우고 있다. 게다가 내가 동료 바리스타들에게 그의 건강에 대해 귀띔을 해주었더니 다들 남몰래 할아버지의 카드에 서너 개씩 도장을 더 찍어주고 있는 것 같았다. 할아버지는 "요즘 이상하게 다들 도장을 여러 개씩 찍어주더라고"라며 의아해했다.

올해 처음으로 봄기운이 완연했던 어제, 간만에 할아버지에게서 문자가 왔다.

"내일 피검사 하고 다음 주엔 마지막 방사선 치료를 시작할 거야. 의사가 이번 치료를 마지막으로 당분간은 더 안 받아도 된대. 내가 봄을 좋아하는 것처럼, 봄도 나를 좋아하나 봐."

긴 겨울 끝에 돋아난 작고 여린 새순처럼 기분 좋은 소식이다.

떠날 준비

바리스타와 손님의 관계에 대해 종종 생각한다. 카페에 들어와서 음료를 주문하고 받아서 떠나기까지 대략 2분의 시간이 걸린다. 미리 만들어둔 기본 커피의 경우엔 그보다 적게 걸리기도 하고, 만드는 과정이 오래 걸리는 음료이거나 바리스타와 대화를 하는 경우엔 좀 더 걸리기도 하지만 어지간해서는 5분을 넘기지 않는다.

고작 2분짜리 관계. 그러나 규칙적이고 반복적으로 일어나는 사소한 것에는 순간적이고 강렬한 것을 압도하는 힘이 있다. 예를 들어, 지난 4년간 거의 매일 카페에 오는 기념품 할아버지는 내가 함께 사는 사람 다음으로 자주 보는 사람이다. 바다 건너에 있는 가족이나 여기저기 흩어져 사는 절친과 연락을 주고받는 횟수와 비교해도 압도적으로 우세하다.

브루클린 남쪽에 자리한 동네 카페에서 몇 년 동안 커피를 팔며 그들과 나의 관계에 대해 가끔, 아니 꽤 자주 생각하곤 했다. 그들과 내가 주고받은 것은 커피와 돈이 전부가 아니었을 것이다. 일단 그들이 커피값으로 내는 돈은 나와 별 상관이 없다. 그 돈은 사장에게 가는 돈이지 내가 갖는 돈이 아니다. 카페의 일간 수익이 높든 낮든 나는 사장에게서 고정된 시급을 받는다. 그렇다면 내가 그들에게서 받은 것은 무엇일까. 무엇이 나를 이 자리에 붙들어둔 것일까.

　내가 커피를 건네고 그 대가로 받은 것은 어쩌면 그들의 이야기였을지도 모르겠다. 전력회사 직원이 전선을 손보다가 잠시 한숨을 돌리러 와서 아이스 커피를 사 갈 때, 요리사가 점심과 저녁 영업 사이의 브레이크 타임에 와서 에스프레소를 마실 때, 영화 편집자가 종일 방에 틀어박혀 작업하다가 잠시 나와 오늘 처음으로 입을 열어 아이스 모카라테를 주문할 때, 나이 많은 내니가 아이들의 하교시간에 맞춰 나가면서 카푸치노를 한 잔 살 때, 이제 막 첫아이를 낳은 여자가 9개월 만에 처음으로 라테를 마시며 감격에 젖을 때, 옷가게 알바 아이가 업무 시간에 땡땡이치며 근처에서 대기하던 남자친구를 불러 도넛을 나눠 먹을 때, 긴 시간을 함께한 애인과 헤어진 레스토랑 매니저가 출근길에 카푸치노를 시키다가 왈칵 눈물을 쏟을 때, 부모 대신 자신을 키워준 할아버지를 병으로 잃고 장례를 치르고 집에 가던 스물몇 살짜리가 초췌한 얼굴로 블랙커피를 시킬 때, 딸 바보 아버지가 중학생이 된 딸에게 남자친구가 생긴 것 같다고 달콤쌉쓸하게 얘기하며 아메리카노를 시킬 때, 이제 막 가족이 된 요령 없는 새아버지와 반항기 가득한 10대 양아들이 커피와 핫초코를 시켜놓고 어색하게 앉아 있을 때.

　그들은 자기도 모르는 사이에 머리카락 떨구듯 자기 삶의 이야기를 카운터에 놓고 갔다. 그리고 나는 그들이 떨어뜨린 이야기들을 한 올 한 올 집어 올려 일기장에 끼워놓았다.

    카페를 떠날 날짜가 결정되고 가장 큰일은 단골들에게 이별을 고하는 것이었다. 너무 이르지도 늦지도 않은 타이밍에, 너무 뜨겁지도 차갑지도 않게 진심을 담아 인사를 건네는 것은 쉬운 일이 아니었다. 카페 바깥에서도 관계를 이어갈 것 같은 이들과는 연락처를 주고받으며 '꼭 안부를 주고받자'고 다짐하지만 사실 정말 용기를 내서 연락을 주고받게 될 사람은 그중 반의반도 되지 않는다는 것을 경험적으로 알고 있다. 대부분은 '언제 한번 연락해야 되는데……'라는 죄책감을 수반한 기억으로 가끔 떠오르다가 그마저도 희미해지고 말 것이다. 그것이 너무 가깝지도, 멀지도 않은 2분짜리 관계의 슬픈 숙명이다.

    4년 전에 엄마가 미는 유모차를 타고 와서 겨우 자기 이름을 말할 줄 알던 꼬맹이 J는 이제 유치원생이 되었다. 언어 능력이 비상한 이 꼬맹이는 엄마와 마주 앉아 쿠키를 나눠 먹으며 어른스럽게 대화를 나눌 정도로 성장했다. 고맙게도 J는 유치원이 끝나고 집에 가는 길에 종종 엄마에게 '오늘 카페에 미연이 일하고 있으면 잠시 들렀다 가자'고 제안한다고 한다. 그런 J에게 내가 곧 여길 떠난다고, 이제 카페에 와도 내가 없을 거라고 말하기는 쉽지 않았다.

    "이제 없어요? 그럼 내일은요? 내일도 없어요?"

    "J야, 내일은 내가 아직 여기에 있을 거야. 다음 주에는 없겠지. 그렇지만 내가 이 도시를 떠나거나 하는 건 아니니까 항상 J 가까이에 있을 거야."

"그럼 내일은 어쨌든 온다는 거죠? 그럼 떠나기 전에 우리 같이 뭐라도 해요. 우리 집에 와서 놀거나 밖에서 만나도 되잖아요. 같이 밥이라도 먹어요."

조숙한 여섯 살짜리의 파격적인 제안에 아이의 엄마와 내가 모두 움찔했다. 30대 바리스타와 40대 아이 엄마는 서로 연락처를 주고받으면서도 사실 우리가 다시 만나게 될 확률은 그리 높지 않다는 것을 알고 있다. 하지만 여섯 살짜리의 세계는 좀 더 솔직하고 단순하다. 호감이 있는 상대는 만나면 된다. 멀지도 가깝지도 않은, 깊숙하고도 동시에 얄팍한 관계가 들어설 자리가 없다.

J의 초대를 받아들일지 잠깐 고민했지만 아이 엄마를 곤혹스럽게 하고 싶지는 않았다. 그래서 "응. 그래. 우리 언젠가 같이 밖에서 놀자"라고 얼버무리듯 이야기했더니 이 똑똑한 아이는 내가 빈말을 하고 있다는 것을 알아차린 듯 실망한 얼굴로 말이 없었다.

마지막으로 J를 힘껏 끌어안고 작별 인사를 할 때 저릿하게 가슴이 아팠다. 후회가 밀려왔지만 번복하기엔 늦었다. 그저 언젠가 우리의 길이 다시 만나는 순간을 기다리는 수밖에. 그때까지 그들의 이야기를 소중히 보관하는 수밖에.

편지

지난 연말에 들은 가장 충격적인 소식은 드로잉 아저씨 W가 이 동네를 떠난다는 것이었다. 카페가 처음 연 순간부터 지금까지 매일 아침 6시 30분에 첫 손님으로 와서 출입문 바로 앞의 테이블에 앉아 한 시간 동안 펜으로 그림을 그리다 집에 가던 W이다. 지난 십여 년간 이 카페가 이름도 없는 신생 카페에서 열 개 지점으로 확장했다가 다시 축소하는 과정을 지켜봐왔고, 그동안 스쳐 지나가는 수많은 바리스타를 겪었다. W와 대화를 트고 친해지는 과정은 이 지점에서 일하는 모든 바리스타가 지나야 하는 통과의례 같은 거였고, W의 존재는 초창기에 사장이 직접 만들어서 카페 한구석에 세워놓은 기우뚱한 나무 책장만큼이나 이 공간의 일부이자 정체성이었다.

심지어 W는 카페에 오는 개들에게도 상징적인 존재다. 아침 산책 중에 반려인이 커피를 사느라 카페에 들어가면 개들은 출입문 밖에 앉아서 조바심치며 기다리곤 한다. 문가 테이블에 앉은 W는 유리문 너머로 그 모습을 지켜보며 휴대폰 카메라로 사진을 찍어왔다. 그 이야기를 들은 사장은 W가 몇 년간 찍어온 개 사진을 인화해서 카페 벽에 걸었고, 동네 사람들은 자기도 잊고 있었던 자기 개의 옛 모습을 보며 반가워하기도 하고 세상을 떠난 개를 그리워하며 사진을 보러 들르기도 했다.

이 카페가 문을 닫는 순간까지 함께할 줄 알았던 W마저 떠나는 순간이 오고야 말았다. 몇 년 전 은퇴한 W에 이어 최근까지 일하던 아내도 은퇴하게 된 것이다. 두 사람 모두 자유의 몸이 된 기념으로 지금 사는 집을 팔고 몇 개월간 유럽을 떠돌며 여행하다가 돌아와서 좀 더 한적한 교외에 집을 구한다고 했다. 그 소식을 전하느라 내가 일하는 오후에 굳이 찾아온 W에게 커다란 아쉬움과 더 커다란 응원과 축복을 전했다. 그리고 그간 나의 미술 놀이를 한껏 격려해준 것에 고마움을 표하고자 주머니에 쏙 넣어서 다닐 수 있는 미니 컬러펜 세트와 수첩을 선물했다.

절대로 사라지지 않을 것 같던 W가 사라지고 몇 달이 지나자 이번엔 내가 이 카페를 떠나게 되었다. W만큼은 아니지만 나 역시 지난 4년간 이 지점에 붙박이장처럼 꿋꿋하게 붙어 있던 존재라 카페 안에서 보낸 시간으로 따지면 사장과 역대 직원을 다 합쳐도 나를 넘어설 사람이 없을 정도였다. 가끔 옛 동료나 손님이 "아직도 거기에서 일해?"라고 물으면 "응. 이 카페의 유령이 될 예정이야"라는 농담으로 답했고, 단골손님들은 나를 카페의 조왕신쯤으로 여기고 있었다.

그렇게 단단하게 점착되어 누구도 떼어낼 수 없다고 생각한 나와 카페의 애착 관계를 종료하는 것은 고통스러운 일이었다. 카페에서의 마지막 두 주 동안 우아하게 사라지는 방법을 고민하며 문득문득 드로잉 아저씨를 떠올렸다. W는 정말로 계획대로 유럽에 갔을까. 젊은 날에 영감을 준 알브레히트 뒤러의 그림을 실물로 보고 있을까. 여행 중에도 매일 아침 동네 카페에 가서 한 시간씩 그림을 그리고 있을까. 내가 준 펜과 수첩은 사용하고 있을까.

카페를 떠나기 하루 전날, 무뚝뚝한 우편배달부가 언제나처럼 한 뭉치의 우편물을 던지듯 놓고 나갔다. 대개는 보지도 않고 통째로 우편물 폴더에 넣어두는데 그날은 무슨 바람에선지 혹시라도 잘못 전달된 우편물이 없나 싶어 수신자를 확인했다. 그러다가 수상한 그림으로 가득한 봉투의 수신자가 나라는 것을 발견했다. W의 편지였다.

"네 이름에 i가 들어가는지 안 들어가는지 죽었다 깨어나도 기억이 안 나서 i와 y를 합치는 꼼수를 썼지. 잘 지내고 있기를."

절묘한 타이밍에 도착한 절묘한 편지였다. 인생의 한 챕터를 마무리하기에 더할 나위 없는 마침표다.

©Warren Smith

계절의 인사

한곳에서 오래 일하다 보니 작은 것에서도 시간의 흐름과 계절의 순환을 느낀다. 카페 바깥의 등을 켜는 시간도 그렇고, 카운터 위에 콜드브루를 만드는 버킷이 몇 개 올라와 있는지도 그렇고, 에스프레소 머신에서 스팀 노즐을 쓰는 횟수도 그렇고, 아이스티를 만드는 작은 피처가 얼마나 자주 착색이 되는지도 그렇다. 손님들의 옷차림은 말할 것도 없고, 실내에 감도는 사람들의 더운 땀 냄새가 오래 묵은 울에 깃든 체취로 바뀌는 것도 있다.

이렇게 셀 수 없이 다양한 계절의 신호들을 감지할 때면 천천히 그러나 꾸준히 흐르는 시냇물에 발을 담그고 서 있는 사람이 된 기분이다. 나는 그 자리에 그대로 서 있는데 나를 둘러싼 것들은 졸졸졸 흘러 멀리 가버리고 있는 기분. 계절이 한 바퀴 순환하여 또 봄이 왔는데 그 자리에 그대로 서 있는 것은 나뿐이고, 모두들 시냇물을 따라 어디론가 가버려서 지난봄의 기억을 추억하며 함께 나눌 이가 없는 그런 기분이다. 이 작은 카페 구석구석에 깃든 1년 전 봄을, 2년 전, 3년 전 봄을 기억하는 것이 나뿐이라는 자각은 외로운 동시에 은밀하고 작은 기쁨이 되기도 한다. 아무도 모르는 것을 나는 안다.

내가 매일 쓸고 닦고 훔치고 문지르며 발견한, 구석구석에 스민 시간들은 나만의 비밀이고 보물이다. 그 누구도 빼앗을 수 없는, 나의 수확물이다.

비밀 중 하나를 말하자면, 매일 저녁 하는 빗자루질에도 계절이 스며들어 있다는 것이다. 저녁 8시에 카페 문을 닫고 카운터 뒤의 정리를 마치고 나면 빗자루를 들고 나무 바닥을 쓸기 시작한다. 진공청소기가 있기는 하지만 코드를 여기저기 옮겨 꽂는 것도 귀찮고, 미국에서 흔히 쓰는 업라이트 진공청소기는 헤드가 너무 커서 나처럼 구석구석을 세밀하게 쓸어내고 싶은 사람에겐 꽤나 불편하다. 그래서 지난 몇 년간 꾸준히 써서 이제는 손에 착 붙어버린 두 개의 빗자루—하나는 키다리, 하나는 짧둥이—를 가지고 바닥을 쓸어서 먼지를 한 군데에 모아 쓰레받기에 쓸어 넣는다.

카페 바닥에 쌓인 하루치 먼지의 구성은 그날그날 다르다. 일하는 바리스타 중 누군가가 실수로 커피 원두를 쏟은 날엔 알알이 반짝이는 검은색 커피콩이 한 움큼 나온다. 더 싫은 것은, 기본 커피를 만든다고 간 원두 위에 뜨거운 물을 받다가 깜박하고 타이밍을 놓쳐서 커피가 넘쳐흐른 경우다. 물에 젖은 커피 가루가 죽처럼 진득하게 흘러내려 구석구석에 고여 있다가 작은 모래더미를 이루며 말라버린다. 이런 작은 사고들은 바쁘고 정신없는 오전에 주로 생기는데 그러면 오후에 일하는 나 같은 클로저가 투덜거리며 긁어모아 청소를 한다.

손님의 영역은 그보다 다채롭다. 어린아이들이 많이 오는 주말에는 엄청난 양의 빵 부스러기가 모인다. 가루가 많이 떨어지는 크루아상은 아이 어른 할 것 없지만, 그날 온 아이들의 연령이 어릴수록 바닥에 모이는 빵과 머핀, 쿠키의 부스러기가 많아진다. 누군가가 주얼리 만들기 키트를 들고 와 놀고 간 날엔 나무 바닥 틈새마다 빨간색, 노란색, 보라색, 녹색의 구슬들이 알알이 박혀 있기도 하고, 스티커 붙이기 놀이를 하고 간 날에는 바닥에 안나나 엘사가 붙어서 고집 세게 안 떨어지고 며칠을 보내기도 한다.

　　비가 오는 날에는 마룻바닥 색으로 강수량을 확인할 수 있다. 비가 몇 방울 떨어지지 않거나 약하게 흩뿌리는 정도라면 나무 바닥이 얼룩덜룩하게 촉촉해지는 정도에 그치지만 흥건하게 많이 온 날에는 손님들의 신발이나 우산에 묻어서 카페에 들어오는 물의 양이 많아지면서 연갈색 나무 바닥이 고동색으로 짙어진다. 폭우가 쏟아지는 날에는 손님의 몸에 묻은 물이 주문을 하는 카운터에까지 떨어져서 행주를 손 가까이에 두고 물방울을 훔쳐내야 한다.

　　눈이 오는 날엔 그보다 스케일이 커진다. 눈은 물보다 점성이 높다 보니 손님에게 묻어서 카페 안으로 들어오는 양이 빗물보다 훨씬 많다. 눈만 들어오면 그나마 다행인데, 눈이 녹아 길바닥이 질척이는 진흙탕이 된 경우엔 카페의 바닥이 초토화된다. 거기에 제설용 소금이 섞여서 들어오면 마루에 소금물이 스며들어 허연 얼룩이 생긴다. 이렇게 깊이 스며든 소금기는 어지간한 물걸레질에도 빠지지 않아서 폭설이 한번 오고 난 후에는 짧게는 며칠, 길게는 몇 주간 마룻바닥에 소금 얼룩이 남아 눈 오던 날을 상기시킨다.

눈이 올 것을 예상하고 MTA(뉴욕시 대중교통국)에서 온 도로에 소금을 뿌렸는데 눈이 오지 않은 경우엔 자동차 바퀴와 사람들의 발 밑에서 소금이 부스러져 미세한 소금 가루가 된다. 이 하얗고 반짝이는 가루들은 바람이 불면 후루룩 일어날 정도로 가벼워서 여기저기 잘 날아다니다가 카페 바닥에 시침 뚝 떼고 자리 잡는다. 그걸 저녁에 쓸어 담아 놓으면 양이 제법 되는데, 전날 폭설이 올 거라며 호들갑을 떨었던 것이 멋쩍은 듯 쑥스럽게 쓰레받기 안으로 들어간다.

그 외에 봄에는 꽃잎, 여름엔 종이 꽃가루, 가을에는 낙엽이 있다. 꽃잎은 얇고 야리야리해서 아무 곳에나 쉽게 달라붙어서 안 떨어지기 때문에 빗자루의 솔에 붙은 것을 떼는 것도 쉽지 않고, 쓰레받기에 조심조심 쓸어 넣더라도 훅하고 날아올라 다시 마룻바닥에 안착하기 때문에 곤란하다.

여름은 퍼레이드와 축제의 계절이니 축제 행렬이 한번 지나갈 때마다 종이나 금박 꽃가루가 온 거리에 흩날린다. 시에서 기막힌 청소 실력으로 축제의 흔적들을 치워버리더라도 언제나 청소차를 피해 문틈으로 들어오는 녀석이 있다.

초가을의 낙엽은 제 형태를 제법 유지하고 있고 수도 많지 않아서 어려울 것이 없는데, 늦가을의 낙엽은 사람들의 발 밑에 부서져서 가루가 된 것, 부서지다 만 것 등이 섞여서 청소하기가 쉽지 않다. 게다가 나무가 많은 동네답게 낙엽도 어찌나 많은지, 청소를 마치고 쓰레기봉투를 문 밖에 내놓는 그 짧은 사이에 짓궂은 낙엽들이 다시 마룻바닥에 들어와 앉아서 다시 빗자루를 잡게 만들기도 한다.

연초인 요즘은 크리스마스트리가 안녕을 고하는 시기이다. 12월에 각 집의 거실이나 문을 장식하던 트리와 리스가 겨울의 끝 무렵이 되면 쓰레기 수거차를 기다리며 거리에 나앉는다. 비록 12월처럼 싱싱하진 않지만 여전히 전나무 특유의 상쾌한 향기를 내뿜으며 거리로 나오면, 가지에서 떨어진 마른 전나무 잎들이 행인들의 신발에 묻어 카페 안으로 들어온다. 빗자루로 쓸어 모은 먼지 안에 그 푸른 것들이 섞여 있으면 크리스마스와 신년이 정말 끝나버렸다는 것을 깨닫는다. 그리고 쓰레기차에 실려가 톱밥이 되어 사라지기 전에 누군가의 신발에 붙어 내가 일하는 카페에까지 힘겹게 들어온 아이들을 통해 지난해에게 마지막 인사를 한다.

"고마웠어. 안녕."

작가의 말

커피는 참 쓸모없다. 몸에 필요한 영양분이 있는 것도 아니고,
장기적으로 복용한다고 건강이 좋아지는 것도 아니다. 잠을
깨운다고 하지만 카페인이 사라질 때 몇 배로 피곤해지는 '카
페인 크래시'를 생각하면 밑지는 장사 같다. 흔히 쓸데없는 행
동을 지적할 때 '그거 한다고 밥이 나오냐 돈이 나오냐'고 묻
는데 커피를 마시면 거의 밥값만치 돈이 든다.

그러나 커피와 커피를 파는 공간의 무용함은 얼마나 소
중한가. 카페에 찾아와서 책을 읽고 그림을 그리고 글을 쓰고
사람을 구경하고 그리운 이를 만나고 이야기를 나누는 사람
들은 얼마나 사랑스러운가.

여기에 묶인 글은 2015년 봄부터 2019년 봄까지 뉴욕 브
루클린의 한 카페에서 바리스타로 일하며 쓴 것이다. 2012년
서울에서 뉴욕으로 거주지를 옮긴 직후에 우연히 비영리단체
에서 운영하는 서점 겸 카페에서 일하게 되었다. 직원의 대부
분이 자원봉사자인 곳으로 수익금 전액이 HIV에 감염된 노숙
자 구호에 사용된다. 그곳에서 매주 하루씩 자원봉사자 바리
스타로 일하다가 2015년부터는 일반 카페에서 일하기 시작했

다. 하던 일이 잠시 한가한 틈을 타서 조금이나마 생계에 보태고자 가볍게 시작한 카페 일을 4년 넘게 계속할 줄은 정말 몰랐다.

이 글들은 지난 4년간 스스로의 밥값을 번 자의 노동의 기록이자, 커피와 커피를 파는 공간과 그곳을 찾는 사람들을 향한 애정의 고백이다. 자기 몸을 움직이고 땀을 흘려 생계를 책임지는 카운터 이편의 세계나 목적과 근거로 꽉 채워진 실용성의 세상에서 무용성을 통해 삶을 '생존' 이상의 것으로 끌어올리는 카운터 저편의 세계나 치열하기는 마찬가지다.

재능도, 의지도 없는 사람의 보잘것없는 창작 활동을 적극 지원하고 응원해준 나의 동반자 이준화 씨와 골방에서 혼자 쓰던 글을 꺼내 세상의 빛을 보여준 출판사 시간의흐름에 말로 다 할 수 없는 감사를 전한다.

2019년 겨울
이미연

카운터 일기 – 당신이 두고 간 오늘의 조각들

1판 1쇄 펴냄 2019년 11월 30일
1판 2쇄 펴냄 2020년 12월 25일

지은이 이미연
디자인 나종위
인쇄 및 제책 예림

펴낸이 최선혜
펴낸곳 시간의흐름
출판등록 2017년 3월 15일 (제2017-000066호)
주소 서울시 마포구 독막로 6길 33 301
Email deltatime.co@gmail.com
ISBN 979-11-965171-2-0 04810
ISBN 979-11-965171-3-7(세트)

이 도서의 국립중앙도서관 출판예정도서목록(CIP)은
서지정보유통지원시스템 홈페이지(http://seoji.nl.go.kr)와
국가자료공동목록시스템(http://www.nl.go.kr/kolisnet)에서
이용하실 수 있습니다. (CIP제어번호: CIP2019042034)